Paul, Frieda und Emily verbringen ihre Ferien ungewollt in den Bergen. Eigentlich war ein Urlaub mit den Eltern in Spanien geplant. Doch daraus wird nichts. Ausgerechnet in den ersten drei Wochen der Ferien müssen die Eltern arbeiten.

Die Geschwister sollen diese Zeit vorerst bei Tante Klara verbringen. Nur hat diese auch ein Terminproblem. Gut, dass Klara eine Freundin in den Bergen hat. Anna wohnt im Allgäu oberhalb eines hübschen Städtchens und verfügt über Zeit und Platz, um die drei aufzunehmen.

Anfangs wenig begeistert, tauchen Paul, Frieda und Emily in die Geheimnisse der Bergwelt ein. Denn Anna ist Homöopathin für Pferde. Und die Gegend hat so einige Pflanzen und Mineralien zu bieten, die später als Globuli verarbeitet werden können. Die Geschichten dieser einzelnen Mittel ist alles andere als langweilig und schnöde.

Kerstin Scharnowell

Anna, die Heilpraktikerin

Bibliografische Information der Deutschen Nationalbibliothek: Die Deutsche Nationalbibliothek verzeich-
net diese Publikation in der Deutschen Nationalbibli-
ografie; detaillierte bibliografische Daten sind im
Internet über dnb.dnb.de abrufbar.

Herstellung und Verlag: BoD – Books on Demand,
Norderstedt

ISBN   978-3-756-23345-8

Wichtiger Hinweis

Es handelt sich um ein Buch der Belletristik, dient
somit in allen Punkten lediglich der Unterhaltung. Die
Gedanken, Methoden und Hinweise in diesem Buch
stellen und bieten jedoch keinen Ersatz für einen
kompetenten medizinischen Rat. Es handelt sich nicht
um eine Fachliteratur. Alle Angaben in diesem Buch
erfolgen nach bestem Wissen und Gewissen. Weder
Autor noch Verlag können für eventuelle Nachteile
oder Schäden, die aus den im Buch genannten Gedanken, Methoden und Hinweisen resultieren, eine
Haftung für Personen-, Sach- oder Vermögensschäden
übernehmen, die aus möglichen Anwendungen der
genannten Materialien und Methoden entstehen.

Inhalt

Ferien

Frieda sah aus dem Fenster. Die Landschaft flog an ihr vorbei. Seit sechs Stunden saß sie mit ihren Geschwistern Emily und Paul im Zug Richtung Augsburg. Es war eine Ewigkeit her, seit sie dort zusammen mit den Eltern Tante Klara besuchten. Drei Wochen ihrer Ferien würden sie bei ihr verbringen. Große Felder und Weiden mit Nutzvieh wechselten sich ab. Von Zeit zu Zeit mischten sich kleine Ortschaften in das Panorama. In der Ferne konnte Frieda Wälder erkennen. Im Sonnenschein sah alles so still und friedlich aus. Der Zug brauste an kleinen Seen und Flüssen vorbei. Wie gern wäre sie dort geschwommen. Noch vier Haltestellen, dachte Frieda. Die Wartezeiten an den Bahnhöfen waren langweilig und eintönig. Das entschädigte auch nicht die schöne Aussicht aus dem Fenster. Eine gefühlte Ewigkeit hielt der Zug an den Haltestellen, um alle Passagiere ein- und aussteigen zu lassen. Geschäftiges Treiben gab es jedoch nur an den großen Stationen. Die kleineren Haltestellen wurden nur von wenigen Reisenden genutzt. „Tickets für den Schnellzug habe ich leider nicht mehr bekommen", hatte ihre Mutter gesagt. „Aber diese Bahn hält auch nicht an jeder Milchkanne, wie man so schön sagt. Ich denke das passt." Es dämmerte und die Sonne verabschiedete sich langsam. Die Landschaft begann sich zu verändern. Die Kühe mit dem schwarzweißen Fell, die so typisch für Norddeutschland waren, wurden nun durch die braunen Kühe im Süden ersetzt. Sie näherten sich dem Ziel. Abends würden sie in Augsburg ankommen.

„Kannst du nicht schlafen?" Emily blinzelte und setzte sich auf. Sie schaute gemeinsam mit Frieda aus dem Fenster. Die Sonne war bereits untergegangen und man konnte nur noch schemenhaft die Umrisse der vorbeirauschenden Gegend erkennen.

Die Geschwister hatten sich die Ferien anders vorgestellt. Nun waren sie auf dem Weg zu ihrer Tante Klara. Paul schien dies nicht zu stören. Er schlief tief und fest und lies sich sanft hin und herschaukeln.

„Nein, kann ich nicht", antwortete Frieda. „Ich bin mir nicht sicher, ob Ferien bei Klara meine erste Wahl gewesen wären. Ich habe so ein komisches Gefühl im Magen. Viel lieber wäre ich ans Meer gefahren."

Vor zwei Tagen waren Frieda und Emily mit dem Rad um die Wette nach Haus gefahren. Es war der letzte Schultag. Und es war heiß an diesem Tag. Immer schneller traten sie in die Pedalen. Die Shirts flatterten im Wind. Was für ein großartiges Gefühl. So musste sich der Sommer anfühlen. Die Sonne schien, wie es sich für den Anfang der Ferien gehörte. Sie bogen von der Hauptstraße, in der das Gymnasium lag, rechts ab. Das Kopfsteinpflaster in dieser kleinen Seitenstraße ließ die Schultaschen in den Körben gefährlich tanzen.

Die Schwestern fuhren vorbei an den Weiden von Bauer Meier. Die Kühe genossen es sichtlich, in der Sonne zu liegen und zu verdauen. Abends würden die Schwarzweißen dann gemächlich zum nahegelegenen Stall trotten und sich melken lassen. Meier hatte irgendwann mal gesagt „mit den Kühen, das is nix mehr, da wirst ja nicht satt von." Und somit hatte man das Bauernhaus neben dem Stall ausbauen lassen und Ferienwohnungen angeboten. „Die gibt das nur noch zum Schmusen und büschen Milch", hatte Bauer Meier erklärt. Frieda fuhr nun ohne die Hände an das Lenkrad zu legen weiter neben ihrer Schwester her.

„Komm, ich habe Hunger. Heut gibt's Pizza und Cola satt. Das hat Mama versprochen."

Die letzte Strecke fuhren sie wortlos nebeneinander her. Sie genossen die Sonne und den warmen Fahrtwind. Sechs lange Wochen Freizeit, ohne Klausuren lagen vor ihnen.

„Wer zuerst da ist." Frieda fuhr so schnell sie konnte. Sie bog mit einem galanten Schlenker in die Hauseinfahrt, lies sich während der Fahrt vom Rad gleiten und rannte zur Tür, als Emily um die Ecke bog.

„Erste!"

„Mama fliegt zu Papa nach Spanien und wir müssen zu Tante Klara." Das waren die ersten Worte mit denen Paul seine Schwestern begrüßt hatte. Der Bruder besuchte die vierte Klasse und hatte neben einem kürzeren Schulweg eine Stunde eher frei bekommen. Seit drei Monaten arbeitete der Vater bereits im Ausland und sollte nun ausgerechnet in den Ferien von der Mutter unterstützt werden. „Dann können wir die letzten drei Wochen gemeinsam verbringen", hatte die Mutter gesagt. Das hatte die Geschwister wenig getröstet.

Zwei Tage später saßen sie im Zug.

„Ich hatte mir so sehr gewünscht, unseren Urlaub im Ferienhaus von Lars zu verbringen." Frieda strich sich eine

Locke ihrer roten Haare aus dem Gesicht und seufzte. Lars war der Bruder des Vaters und besaß ein traumhaftes Grundstück auf einer Ostseeinsel. Das große Ferienhaus verfügte über alle Annehmlichkeiten und es gab einen herrlich wilden Garten. Jeden Sommer durften sie dort Urlaub machen. Zum Strand war es nicht weit. Aus dem ersten Stock des Ferienhauses konnte man bereits die See erkennen.

„Ach Frieda, ich hatte mich auch auf die gemeinsame Zeit mit Mama und Papa gefreut." Emily war die Ruhigere der beiden Schwestern. Sie genoss die Zeit mit ihrer Mutter immer sehr. Emily liebte es mit ihr zu kochen und zu backen und wich nicht von ihrer Seite, wenn ihre Mutter neue Stoffmuster oder Modezeichnungen erstellte. Frieda riss Emily aus ihren Gedanken.

„Ausflüge an den Strand, zum Reitstall radeln und abends riesige Steaks grillen. Schade." Frieda zählte all die Dinge auf, die ihr in den Bergen fehlen würden.

„Ich bin gespannt, was uns bei Tante Klara erwartet."

Tante Klara

Der Zug kam pünktlich um 21 Uhr am Bahnhof an. Schnell zogen die drei ihre Jacken an und schnallten die Rucksäcke auf. Mit den schlingernden Koffern eilten sie auf dem engen Gang zur Tür. Im Abteil saßen nur noch vereinzelt Leute, die auf ihr Ziel warteten. Paul schaute sich um.

„So stelle ich mir das Ende der Welt vor."

Mit einem Ruck blieb der Zug stehen und die Türen öffneten sich. Tante Klara war sofort zu erkennen. Nicht nur, wegen ihrer eleganten Kleidung, sondern auch, weil sie fast die einzige Person auf dem Bahnsteig war. Lächelnd kam sie auf Paul, Emily und Frieda zu und umarmte sie. „Herzlich Willkommen. Schön, dass ihr da seid. Nun müssen wir uns aber beeilen. Ihr könnt mir während der Fahrt eure Erlebnisse erzählen."

„Das hätten wir schnell erledigt", dachte Frieda. „einsteigen, aus dem Fenster schauen und aussteigen." Was für ein tolles Ferienerlebnis am ersten Tag.

Klara stopfte die Kinder samt Koffer in ihre luxuriöse Limousine und schwang sich hinter das Steuer.

„Also diese wilde Fahrt ist mit Sicherheit aufregender, als die Bahnfahrt", stöhnte Frieda und musste sich in jeder Kurve mit den Füssen abstützen, um nicht ihren Bruder gegen das Fenster zu drücken. Die Landschaft war im Abendlicht nur noch vage zu erkennen. Grünland und Weiden gab es hier genauso wie zu Haus. Am Horizont konnte sie jedoch bereits die Berge erkennen. Vereinzelt leuchteten die Lichter der Bauernhöfe. Zwischen den Feldern befanden sich große Anwesen mit mehreren Gebäuden und großzügigen Zufahrten.

„Ich habe euch bereits ein Zimmer hergerichtet. Ich denke, für eine Nacht ist das ok?" Tante Klara blickte sich um und der Wagen schlingerte leicht.

„Jaja, alles bestens Tante Klara", beeilte sich Paul zu sagen. „Aber wieso für eine Nacht? Mama sagte etwas von drei Wochen. Die Bahnfahrt war schrecklich lang und öde." Er hatte keine Lust, noch einmal acht Stunden in einem Bahnabteil zu verbringen, um wieder zurückzufahren.

„Lasst doch bitte das „Tante" weg," Klara schaute die drei durch den Rückspiegel an. „Susanns Anruf kam so plötzlich. Beruflich muss ich genau in dieser Zeit nach Wien. Aber das konnte ich eurer Mutter doch nicht erzählen. Ihr kennt mich doch, ich finde immer eine Lösung." Sie bremste an einer roten Ampel. „Keine Angst, ihr müsst nicht mit nach Wien kommen. Ich hatte eine geniale Idee. Eine sehr liebe Freundin wird sich um euch kümmern. Sie wohnt nicht weit entfernt. Nur eine kleine Stunde von mir entfernt. Na vielleicht auch etwas länger. Egal. Sie wohnt in einem hübschen Haus etwas außerhalb, aber noch in der Nähe eines Dorfes. Heute schlaft ihr erstmal bei mir. Ihr seid sicher müde. Tja und morgen früh um elf geht's dann für euch schon weiter." Sie lachte verlegen.

Den dreien war überhaupt nicht zum Lachen.

„Ähm, bist du dir sicher, dass deine Freundin auch wirklich Zeit hat oder kennt die auch wieder jemanden, zu dem wir fahren sollen?" Emily biss sich auf die Zunge.

Hätte sie dies nicht sagen sollen? Aber sie war mittlerweile so wütend. Und müde.

Klara hielt vor ihrem Haus. „Lasst uns erstmal aussteigen und dann bekommt ihr etwas zu essen und zu trinken und dann sieht die Welt schon ganz anders aus."

„Das bezweifle ich", dachte Emily. Sie sah ihre Schwester an, die die ganze Fahrt über still neben ihr gesessen hatte.

Während Paul hinter Tante Klara hertrottete, immerhin nahm sie ihm den Koffer ab, zog Frieda Emily am Ärmel zur Seite. „Irgendwie habe ich das Gefühl, dass das nicht die schlechteste Wahl ist. Ich möchte nicht die ganze Zeit achtgeben, was ich mache. Tante Klara ist immer so penibel mit allem. Ich habe Ferien und möchte lesen und meine Bücher herumliegen lassen, mit Keksen krümeln und nicht jeden Tag mein Bett machen müssen."

„Brauchst du auch nicht. Klara hat doch eine Haushälterin", antwortete Emily schnippisch und mit einem Augenzwinkern.

„Du weißt was ich meine. Ferien bedeuten, mal etwas nicht so zu machen, wie es an jedem Tag gemacht wird. Oder auch mal etwas Besonderes zu unternehmen."

Emily konnte sich mit dem Gedanken noch nicht so recht anfreunden.

„Kommt ihr?", rief Klara.

„Na denn, dann soll es wohl so sein." Frieda lief mit Emily und den Koffern zum Haus. Müde waren sie und die Aussicht auf gutes Essen und Limo versöhnten etwas.

Ferien in den Bergen - Anna

Sie waren früh aufgestanden. Nachdem Klara die gepackten Koffer geprüft hatte, achtete sie auf korrektes Zähneputzen und warf einen Blick auf die Auswahl der Kleidung. Noch müde von der langen Bahnfahrt verstauten Emily, Frieda und Paul schweigend ihre Koffer in Klaras schickem Wagen. Was würden die nächsten drei Wochen für sie bereithalten? Sie fuhren jetzt zur nächsten Station, wie Paul es nannte. Die Fahrt auf der Autobahn war langweilig. Die endlos erscheinende gerade Straße erinnerte an das monotone Fahren mit dem Zug. Abgesehen von Klaras Fahrstil. Keine Lücke schien ihr zu klein und nach einer ganzen Weile nahm sie die Ausfahrt und bog rechts auf die Landstraße ab. Schnittig durchfuhr sie nun die Kurven, die sie an riesigen Feldern und Weiden vorbeiführten.

„In einer halben Stunde sind wir da. War doch gar nicht so schlimm", versuchte sie die Stimmung aufzuheitern. Nun wechselten sich Wiesen und Felder mit Baumgruppen von Tannen und Fichten ab. Am Horizont konnte man die Berge schemenhaft erkennen. Je näher sie kamen, desto beeindruckender wurde die Silhouette. Die Landschaft änderte sich. Kleine Steigungen und langgezogene Kurven ließen die ersten Ausläufer der Berge erkennen. Am Ortsschild Schönberg hielt Tante Klara an.

„So da wären wir. Hübsch nicht? Euer Ferienort für die nächsten drei Wochen." Forsch fuhr sie wieder an. In der Kleinstadt angekommen, passierte Klara die Hauptstraße, die von einladenden Geschäften gesäumt wurde. In einem Kreisel bogen sie Richtung Dorfplatz ab. Ein kleiner Brunnen befand sich in dessen Mitte und wurden von umliegenden Cafes gesäumt. Diese luden mit den bunten Sonnenschirmen zum Verweilen ein. Hinter der Kirche bog Klara in eine Nebenstraße ab. Auf einem verwitterten Holzschild stand „Annas Almhütte". Die kleine Straße war gepflastert und schlängelte sich am Hügel entlang. Nett sah es hier aus. Wie in einem Heimatfilm. Dann konnten sie es von weitem erkennen. Das alte Holzhaus stand auf einem Plateau. Direkt am Bauernhaus befand sich ein flacher moderner Anbau mit großen Fenstern. Zusammen bildeten die Gebäude die Form eines L. Der so entstandene Innenhof war zum Tal ausgerichtet. Es gab eine gemütliche Sitzecke und eine Feuerstelle bestehend aus einer riesigen gusseisernen Schale.

„Schick oder?" Tante Klara betrachtete das Anwesen entzückt. „Naja schick ist eigentlich nicht das richtige Wort, aber wer hier nicht zur Ruhe kommt und ausspannt, ist selbst schuld." Sie sah im Rückspiegel die aufgerissenen Augen von Paul und Frieda. „Keine Angst. So ruhig ist es hier auch nicht." Sie lächelte wieder verlegen.

„Herzlich Willkommen." Während die Geschwister und ihre Tante aus dem Wagen stiegen, war Klaras Freundin Anna aus dem Haus gekommen, um sie zu begrüßen. Sie reichte Frieda, Emily und Paul freundlich die Hand. „Ich freue mich, dass ihr hier seid." Nennt mich doch bitte Anna." Sie deutete mit der Hand auf die Sitzecke am Haus. „Ich denke, ihr habt Durst. Mögt ihr eine Limo trinken? Ich habe euch bereits einen Krug und Gläser bereitgestellt. Bitte bedient euch. Ich würde gern noch ein paar Minuten mit Klara sprechen." Sanft bugsierte Anna die Geschwister zur Bank. „Danach habe ich alle Zeit der Welt für euch."

Anna unterhielt sich eine ganze Weile angeregt mit Klara, umarmte sie dann und wünschte eine gute Fahrt. Bevor sie ins Auto stieg winkte sie den dreien noch einmal zu und rief: „ich wünsche euch schöne Ferien und viel Spaß. Ich melde mich nächste Woche." Sprachs und war bereits verschwunden. Tante Klara hatte sie im wahrsten Sinne des Wortes bei Anna abgesetzt.

„Kommt mit, ich zeige euch erst einmal die Zimmer. Soll ich euch Gepäck abnehmen?" Anna schnappte sich den Koffer von Emily und machte eine einladende Bewegung Richtung Eingangstür. Hintereinander betraten sie das Haus. Der erste Blick fiel auf einen großen Kachelofen der sich an der Wand direkt gegenüber der Haustür befand. Die linke Seite des Raumes wurde von einem riesigen Sofa und einigen Sesseln eingenommen. Wie ein Sammelsurium aus verschiedenen Formen und Stoffen vermittelten sie ein gemütliches Bild. Regale mit Büchern ließen auf kuschelige Winterabende schließen. Rechts vom Ofen befand sich die riesige Küche mit einem einladenden Holztisch. Einer Bank und mehreren Holzstühlen hatte Anna mit rotweißen Kissen einen bayrischen Touch verpasst. „Folgt mir", forderte sie die Geschwister auf und schritt durch die Küche zu einer weiteren massiven Tür. Sie roch noch nach bearbeitetem Holz, als wären die Ornamente frisch geschnitzt worden. Hinter ihr verbarg sich der lange Flur des Neubaus. Auf der linken Seite gab es zwischen den Fenstern riesige Bilder mit Zeichnungen von Pflanzen. Die hell gestrichenen Wände verströmten eine freundliche Atmosphäre. Auf der gegenüberliegenden Seite befanden sich vier weiße Türen.

„Ihr könnt zwischen vier Zimmern wählen. Sucht euch eines aus. Sie sind alle gleich eingerichtet". Anna öffnete die erste Tür. Auch dieser Raum war hell und freundlich gestrichen. Es gab ein breites Bett mit riesigen Kissen. Neben der Tür stand eine große Kommode. Den Schreibtisch hatte Anna direkt vor eines der bodentiefen Fenster gestellt. Von dort konnten die drei auf die Sitzecke im Garten schauen. Eben hatten sie dort noch ihre Limo getrunken.

„Was duftet hier so herrlich?" Emily schnupperte.

„Der Schreibtisch ist aus Zirbenholz. Sie ist eine Art Kiefer und wächst in den Alpen. Es riecht phantastisch oder? Ich liebe diesen Duft. Deshalb habe ich mir auch für jedes Zimmer einen Tisch aus diesem Holz gegönnt. Der Anbau ist gerade erst fertig geworden", erklärte Anna stolz. „da ist der Geruch des Holzes noch besonders intensiv. Und jeder hat sein eigenes Bad, weil ich diese Zimmer später an Gäste vermieten werde", fügte sie hinzu.

Emily war begeistert. Ein eigenes Zimmer mit so viel Luxus. „Dies würde ich gern nehmen."

Zum Abendessen fanden sie sich am großen Holztisch in der Küche ein. Anna hatte Pasta mit einer köstlichen Sauce zubereitet.

„Sehr lecker", Paul wischte sich den Mund ab. „Bin ich froh, dass du so gut kochen kannst."

„Danke für das Kompliment." Anna grinste.

„Darf ich dich was fragen?"

„Klar. Was möchtest du wissen?", fragte sie.

„Lebst du hier schon lange?" Paul war neugierig.

„Ah ich verstehe. Ihr fragt euch, warum ich hier abseits des Ortes allein lebe?" Sie lächelte. „Dieses Holzhaus habe ich von meiner Oma geerbt. Früher war ich häufig in den Ferien hier. Meine Eltern wohnen in der Schweiz und hatten kein Interesse an dieser Hütte. Ich habe die Zeit hier oben schon damals sehr genossen. Meine Großmutter nahm mich immer mit, wenn sie Kräuter oder Beeren sammeln ging. Sie legte sich jedes Jahr für den Winter einen kleinen Vorrat an. Meine Oma kochte Marmelade, trocknete Kräuter oder stellte daraus ihre Salben her. Nachdem sie verstorben war, stand die Hütte leer. Sie sollte im Familienbesitz bleiben, aber meine Eltern wollten hier nicht wohnen. Also bin ich eingezogen und genieße jeden Tag einen wunderschönen Ausblick."

„Wo arbeitest du?", wollte Emily wissen.

„In unserem kleinen Städtchen gibt es eine Schule. Dort unterrichte ich. Diesen Anbau habe ich zusätzlich für Zimmervermietungen geplant. Das schien mir eine gute Investition zu sein, um noch etwas Geld dazu zu verdienen."

„Schule? Ich wusste, es gibt einen Haken", stöhnte Frieda. „Welche Fächer. Sag bitte nicht Mathe." „Falsch."

„Deutsch, Kunst Sport?"

„nein."

„Bio?"

„Ja das geht schon in die richtige Richtung."

Paul hatte es auf den Punkt gebracht.

„Es ist eine besondere Schule. Dort werden Homöopathen ausgebildet. Meine Schüler sind also bereits erwachsen und kommen, um sich weiterzubilden."

„Da habe ich schon etwas drüber gehört. Unsere Mutter hat auch Globuli im Arzneischrank."

„Ach sieh an", Anna schaute verschmitzt. „Ich könnte mir keinen schöneren Ort als die Berge vorstellen. Meine Großmutter hat mein Interesse für die Naturheilkunde früh geweckt. Es lag nahe, dass ich mir einen Beruf wünschte, in dem ich beides vereinen kann. So bin ich Heilpraktikerin geworden und bilde nun Menschen aus, die die gleiche Begeisterung mit mir teilen."

„Hast du eine Praxis?", wollte Frieda wissen.

Nein, ich habe keine Behandlungsräume. Das wäre auch schwierig. Ich behandle Tiere mit Homöopathie. Die gibt es auch speziell für Tiere. Das bedeutet natürlich, dass ich viel unterwegs bin. Pferde und auch Kühe behandelt man besser in ihrem eigenen Stall."

Anna sah in die erstaunten und nachdenklichen Gesichter. „Sehr außergewöhnlich, ich weiß. Ich liebe meinen Beruf. Ich werde euch in den nächsten Wochen ein kleines Stück aus meiner Welt zeigen, wenn ihr mögt."

Die Geschwister strahlten. Das hörte sich so gar nicht nach der Ruhe an, die Tante Klara erwähnte.

„Wie machst du das mit den Tieren? Bekommen die auch Globuli?" Paul stellte sich vor, wie Anna eine Kuh auf der Weide verfolgte.

„Das erzähle ich euch ein andermal. Ich schlage vor, dass wir heute früh ins Bett gehen. Für morgen habe ich eine kleine Wanderung geplant."

„Was ist, wenn sich Gäste anmelden? Wo bleiben wir dann?", wollte Emily wissen und runzelte die Stirn.

„Buchungen habe ich erst im Spätsommer angenommen. Dann sind eure Ferien längst vorbei. Darüber braucht ihr euch keine Gedanken machen."

„Was machen wir, wenn du in die Schule musst oder du zu einem kranken Tier gerufen wirst?", überlegte Frieda laut.

Und Paul hielt bereits wieder sein Handy in die Luft „ich habe hier keinen Empfang. Ich kann meine Freunde zu Haus gar nicht erreichen."

„Oje, ich sehe schon. Das sind Fragen für mindestens ein Frühstück. Ich denke, ihr geht jetzt schlafen und morgen beantworte ich alle eure Fragen. Ihr müsst hier nicht allein bleiben, ihr begleitet mich natürlich. Das mit dem Empfang fürs Handy ist allerdings so eine Sache."

Erste Begegnung mit einer Heilpflanze

– Arnica

Anna hatte den Frühstückstisch gedeckt. Auf dem massigen Holztisch stand eine große Vase mit bunten Blumen aus ihrem Garten. Nach und nach kamen Paul, Frieda und Emily aus ihren Zimmern. Es duftete nach Kaffee und Kakao.

„Habt ihr gut geschlafen"?

Alle drei nickten.

„Das sieht lecker aus". Paul deutete auf die kleinen Honigtöpfe und nahm sich eine dicke Scheibe Bauernbrot.

„Möchte jemand Rührei"? Anna hatte bereits eine große Portion in einer riesigen Pfanne vorbereitet.

Die Mädchen nickten begeistert. „Vielen Dank, dass du dir so viel Mühe machst." Frieda schlürfte genüsslich an ihrem Kakao.

„Ihr seid keine Mühe für mich." Anna setzte sich zu ihnen und würzte ihr Rührei. „Ich weiß, dass ihr viel lieber mit euren Eltern in Urlaub gefahren wärt. Sicher habt ihr euch die Ferien ganz anders vorgestellt."

„Ich wollte unsere Mutter anrufen, aber ich habe kein Netz bekommen." Paul schleckte sich den Honig von den Fingern.

„Der Empfang ist selten besonders gut", erwiderte Anna kurz. Klara hat gestern eure Mutter angerufen. Du kannst es später noch einmal probieren. Eure Handys und Laptops könnt ihr vorerst im Zimmer lassen."

Die drei sahen Anna ungläubig an.

„Na Ihr werdet doch wohl drei Wochen ohne auskommen"? Sie grinste. „Unten im Ort ist der Empfang besser. Die Tage werden wir ins Tal fahren. Versprochen." Sie stand auf und fing an, den Tisch abzuräumen. „Ich würde euch heute gern einen meiner Lieblingsplätze oben auf den Almwiesen zeigen. In den Zimmern findet ihr Rucksäcke. Steckt euch einen Pulli oder eine Jacke ein. Man weiß hier nie, wie das Wetter im Laufe des Tages wird. Es kann sich sehr schnell ändern." Anna schaute aus dem Fenster. „Bis jetzt ist das Wetter phantastisch. Das sollten wir nutzen." Sie fing an, Brote zu schmieren und diese in ihrem großen Rucksack zu verstauen.

„Wandern wir jeden Tag?", wollte Frieda wissen.

„Nein, keine Sorge", beruhigte Anna, während sie Limo und Schokoriegel im Rucksack verschwinden ließ. „Für den heutigen Tag habe ich mir allerdings tatsächlich eine Route ausgedacht. Wir werden heute zu einer besonderen Blume gehen, die hier in den Bergen wächst. Sie wird gern von den Homöopathen genutzt. Wer hat schon das Glück, direkt neben diesen Pflanzen, die zu Arzneien verarbeitet werden, zu wohnen." Sie zwinkerte den dreien zu. „Eure Ferien bei mir werden in keinem Fall langweilig. Ich denke, ihr werdet euren Eltern später einiges zu erzählen haben."

Eine halbe Stunde später trafen sie sich vor dem Haus, jeder mit einem kleinen Rucksack für den Ausflug. Annas war etwas größer und schien ziemlich schwer zu sein.

„Was hast Du denn alles mitgenommen?" Frieda lief neben Anna her.

„Das zeige ich euch später".

Sie gingen ein Stück der Straße entlang, auf der sie gestern angekommen waren. Nach kurzer Zeit bog Anna auf einen kleinen Waldpfad ab. Die Tannen und Kiefern spendeten angenehmen Schatten.

„Wie lange sind wir unterwegs?" Paul hatte sein Handy mitgenommen und hielt es gen Himmel, in der Hoffnung, doch einen guten Empfang zu erhaschen.

„Lange." Anna schritt forsch voran und die drei mussten sich beeilen, um Schritt zu halten. Nach einer ganzen Weile änderte sich die Landschaft. Sie kamen an massigen Felsen und großen Sträuchern vorbei. Der Pfad wurde schmaler und steiniger. Auch die Steigung nahm stetig zu. Bereits seit zwei Stunden waren sie unterwegs. Die Mittagssonne und der unebene Weg machten die Wanderung anstrengend.

„Ist es noch weit?" Paul meldete sich als erster. „Mir tun die Füße weh."

„Wir sind doch gerade erst losgegangen. Das hast du nun davon, dass du in der Schule immer Sport schwänzt." Obwohl Frieda genauso erschöpft war, hielt sie tapfer Schritt.

Emily schwieg den Großteil des Weges. Ihr war heiß und an steilen Stellen drückte sie mit den Armen gegen die Oberschenkel, um mehr Kraft und Halt zu bekommen.

„Spart euch lieber eure Kräfte und zankt nicht. Es ist noch ein Stückchen." Anna hatte kein Erbarmen und schritt im flotten Tempo weiter voran.

Paul stöhnte. „Ich mag nicht mehr. Ich finde wir machen eine Pause. Morgen kann ich mich bestimmt nicht mehr bewegen." Anna ging unbeirrt weiter. Das war genau die Reaktion, die sie sich erhofft hatte.

Dann blieb sie abrupt stehen und drehte sich um. „Wir sind da." Zufrieden deutete sie mit einer ausladenden Handbewegung auf eine kleine gelbe Blume. „Darf ich euch vorstellen: Arnika montana. Sie wächst dort, wo Wanderer sich auf ihrem Weg verausgabt haben, umgeknickt oder gestürzt sind."

Die drei sahen sich an. Kleine Schweißperlen waren auf Emilys Stirn zu sehen. Frieda massierte sich die Waden. Paul ließ sich neben der Blume auf den kargen Boden fallen.

„Oh." Emily sah Anna fragend an.

„Wegen dieser kleinen zerrupften Blume sind wir den ganzen Weg gelaufen?" auch Paul schien irritiert zu sein.

„Mir tut alles weh", meldete sich Emily. „Und runter müssen wir auch noch, ich mag gar nicht daran denken."

Anna schaute sich die drei an. Sie waren solche Ausflüge nicht gewohnt. „Ich habe eine kleine Überraschung für euch." Rasch setzte sie den Rucksack ab und öffnete die beiden Schlaufen, die eine aufgerollte Decke zum Vorschein brachte. „Frieda, magst du sie ausbreiten? Ich habe ein kleines Picknick vorbereitet." Anna zauberte nun aus dem Rucksack eine Flasche mit selbstgemachter Limonade, den geschmierten Bauernbroten mit Käse und Schinken und Schokolade. Sofort erhellten sich die Gesichter. Hunger hatten sie alle. Es war köstlich. Lange nicht hatte ihnen ein Brot so gut geschmeckt.

„Das habt ihr euch auch wirklich verdient. Und schaut euch nur einmal um. In was für einer herrlichen Umgebung wir unser Essen genießen dürfen", wieder breitete Anna die Arme aus und genoss sichtlich den Ausblick. Von hier oben konnten sie das gesamte Tal einsehen.

„Warum mussten wir denn eigentlich bis zu dieser Blume wandern? Wir hätten uns doch auch in den Garten legen können." Emily konnte sich trotz der Köstlichkeiten noch nicht für den langen Ausflug erwärmen.

„Erstens hätte ich dann keine Fotos von dieser wundervollen Blume machen können", Anna hatte ihre Kamera aus dem Rucksack geholt und begann die Pflanze zu fotografieren. „Zweitens hätte ich euch etwas über eine Blume erzählen können und ihr hättet es sterbenslangweilig gefunden und noch schneller wieder vergessen. Sie etwas ganz Besonderes, denn sie steht unter Naturschutz und darf nicht gepflückt werden! Arnica wächst hier oben in den Bergen. Wenn wir sie sehen möchten, müssen wir zu ihr kommen." Anna berührte leicht die gelben Blütenblätter. „Sie wird auch Bergwohlverleih genannt und ist eine Arznei- und zugleich eine Giftpflanze."

„Bergwohlverleih ist aber ein außergewöhnlicher Name", überlegte Frieda.

„Vermutlich hat sie diesen Namen erhalten, weil verletzte Wanderer sich mit ihrer Anwendung ein wohligeres Gefühl verschaffen konnten. Man sagt, sie wächst dort im Gebirge, wo Tiere die Grasnarbe verletzen. Angewendet werden darf sie jedoch nur äußerlich und als homöopathisches Mittel auf keinen Fall bei Blutungen oder blutenden Wunden, denn sie wirkt auf die kleinen Blutgefäße."

„Irgendwie erinnert sie mich an die Blumen, wenn Mama vergessen hat sie zu gießen", Frieda fing an zu kichern. „Ich mag diese struppigen gelben Blütenblätter."

„Sie sieht in der Tat etwas mitgenommen aus. Wie eine zerknautschte Margarite."

Nun beäugte auch Emily die Blume etwas genauer.

„Von ihren welken Blütenblättern darf man sich nicht täuschen lassen. Sie hat einen kräftigen Stängel, der ihr am Boden den notwendigen Halt gibt."

„Hoffentlich kann ich mich noch halten, wenn wir den Abstieg nehmen", sagte Emily.

„Wisst Ihr, was Zerschlagenheit bedeutet? Das ist ein Wort für Erschöpfung, Müdigkeit und Schwäche. Man mag sich nicht mehr bewegen, so wie Emily und möchte nicht berührt werden, so wie Paul an seinen schmerzenden Füssen. Die Beschwerden, die Arnica lindern kann, sind eben diese, die ihr den ganzen Weg beschrieben habt." Die drei schauten sich an.

„Als Salbe oder Öl wird Arnica seit langer Zeit bei Überanstrengungen der Muskeln und Sehnen genutzt. Wenn der Körper sich müde anfühlt. Denkt nur an einen Muskelkater."

„Was heißt seit langer Zeit?", wollte Paul wissen.

„Seit dem 11. Jahrhundert zum Beispiel. Die Klosterfrau Hildegard von Bingen hielt sie bereits in ihren Schriften fest. Oder Samuel Hahnemann im 18. Jahrhundert. Er war Arzt und Homöopath und nutzte die Wurzeln der Pflanze Arnica stark verdünnt."

„Das ist allerdings wirklich schon sehr lange her", stimmte Paul Anna zu.

„Wie hätte ich euch diese außergewöhnliche Blume besser als mit einer langen Wanderung vorstellen können?"

Anna biss in ihren Apfel und machte eine kleine Pause.

„Wenn ich unterrichte, sage ich meinen Schülern, dass sie immer auch an Arnica denken sollen, wenn sich ein Patient überanstrengt hat, sich erschöpft und schwach fühlt. Dafür muss man nicht unbedingt gewandert sein."

„Aber du bist doch Heilpraktikerin für Tiere", Frieda sah Anna fragend an.

„Das ist richtig. Auch sie können sich überanstrengen oder an etwas stoßen, so wie Paul. Bei den Tieren werde ich sofort hellhörig, wenn es um einen Schlag, Stoß oder eine Verstauchung geht. Da ist Arnica mir ein gutes Erste-Hilfe-Mittel, wenn alles schmerzt und druckempfindlich ist."

„Ich habe mal im Fernsehen gesehen, wie sich ein Pferd überschlagen hat", überlegte Paul. „Es soll eine Gehirnerschütterung gehabt haben."

„Da würde ich auch an Arnica denken", bestätigte Anna. „Oder bei Quetschungen und Zerrungen der Gelenke. Damals war es für die Bauern eine Bereicherung in der Hausapotheke. Zumal der Tierarzt hier nicht immer so schnell zur Stelle sein konnte, wie in der Stadt", Anna war nun in ihrem Element. „Arnica ist ein sehr schönes Mittel, wenn ein stumpfes Trauma aufgetreten ist. „Trauma" ist eine Einwirkung von außen auf den Körper und heißt im altgriechischen „Wunde". Stumpf bedeutet ohne blutende Wunde, das heißt eine Verstauchung, Zerrung von Muskeln oder Prellung."

„Wie haben die Bauern den Kühen die homöopathischen Mittel gegeben, wenn diese jeden Tag auf den Weiden umherziehen? Ich kann mir gar nicht vorstellen, dass sie dann noch Muskelkater haben", Emily schaute Anna fragend an.

„Ich kann dir gar nicht sagen, ob die Kühe Muskelkater haben", erwiderte Anna. „Lena die Bäuerin nutzte Arnica, wenn sich eine ihrer Kühe festgelegt hat und nicht mehr allein aufstehen konnte. Das kann passieren, wenn eine Geburt zu anstrengend war und die Kuh nicht mehr allein auf die Beine kommt. Natürlich kam auch der Tierarzt, sobald die Zeit es zulies. Aber das sagte ich ja bereits."

Paul hatte angefangen, ebenfalls mit seinem Handy die Blume zu fotografieren. „Und wann geben deine Reiterinnen Arnica?", wollte er wissen.

„Wenn Pferde sich auf einem Turnier verausgabt haben. So wie ihr jetzt bei unserem Ausflug", fügte Anna zwinkernd hinzu. „Oder wenn sie sich die Beine an den Hindernissen gestoßen haben oder sich selbst in die Ballen der Vorderbeine treten. Das ist auch äußerst schmerzhaft".

Anna deutete mit dem Finger in Richtung Tal. Dort konnte man kleine Punkte erkennen, die offensichtlich Pferde sein sollten. „Marias Pferde stehen auf der hügeligen Weide dort hinten am Waldrand". Irgendwie bekommen sie nie genug. Sie toben wie verrückt. Dabei vertreten sie sich schon mal auf dem unebenen Boden. Aber wenn das nicht eintritt, könnt ihr sicher sein, dass sie sich beim Rangeln und Ausschlagen stoßen und blaue Flecken durch die Hufe zuziehen. Ihr seht, Möglichkeiten sich zu verletzen gibt es genug."

„Die kann man durch das Fell doch gar nicht sehen." Paul hatte aufgehört zu fotografieren.

„Da hast du recht, nicht unbedingt. Dafür sind sie aber sehr berührungsempfindlich. Du brauchst die betroffene Stelle nur ganz leicht berühren und schon legen sie die Ohren an."

Eine Weile saßen sie still nebeneinander. Emily, Paul und Frieda versuchten das neue Wissen einzuordnen.

„Ich denke wir sollten aufbrechen." Anna verstaute die Reste des Picknicks im Rucksack. „Wir wollen doch vor Einbruch der Dunkelheit zu Hause sein. Und keine Angst. Hinab ist es nicht so anstrengend und ich kenne auch noch eine kleine Abkürzung." Zufrieden wanderten die Vier zurück zum Haus. In der Abenddämmerung sahen die Berge am Horizont besonders schön aus. Heute würden sie alle gut schlafen können.

Eine Geschichte – Hahnemann

Es klopfte. Emily und Frieda hatten es sich in der Sitzecke gegenüber dem großen Holztisch gemütlich gemacht. Anna holte gerade die fertig gebackenen Brezeln aus dem Ofen. Paul lief zur Tür und öffnete.

„Hallo Tom, komm rein", Paul grinste einen jungen Mann an. Tom schaute Paul erstaunt an. Er musste so um die 13 Jahre alt sein.

„Hallo, woher kennst du meinen Namen?", fragte Tom irritiert.

„Anna hat uns von dir erzählt. Sie wird dir bei deinem Aufsatz helfen. Sie erwartet dich bereits."

„So ist es, wir wollen doch, dass du den besten Aufsatz schreibst", Anna war ebenfalls zur Tür gekommen und hatte noch den Korb mit den herrlich duftenden Brezeln in der Hand. „Ich denke, wir setzen uns an den Tisch und Paul, Emily und Frieda können von der Sitzecke aus zuhören."

„Hallo Tom", Frieda und Emily winkten ihm aus Bergen von Kissen zu.

„Ihr könnt euch ein Thema zum Aufsatz aussuchen?", fragte Anna zu Tom gewandt.

„Gott sei Dank ja. Es muss eine Persönlichkeit sein, die tatsächlich gelebt hat. Was der oder diejenige gemacht hat, ist egal. Es muss sich nur um eine reale Person handeln", bestätigte Tom. „Ich habe mir Hahnemann ausgesucht, weil du mir bei dem Thema sicher helfen kannst."

„Das denke ich schon", Anna schaute Tom verschmitzt an. „Womit möchtest du beginnen?"

Tom hatte die Schreibunterlagen aus seiner Tasche genommen und auf dem Tisch ausgebreitet.

„Samuel Hahnemann würde ich zuerst beschreiben wollen. Anschließend möchte ich etwas über seine Arbeit schreiben. Und warum er so außergewöhnlich war", ergänzte Tom schnell und schlug sein Notizheft auf. Er hatte sich gut vorbereitet und sich Bücher aus der örtlichen Bücherhalle geliehen. „Er hat vor über 200 Jahren gelebt", las er vor. „Genauer gesagt wurde er im Jahr 1755 in Meißen geboren und ist 1843 in Paris gestorben. Hahnemann hat als Arzt gearbeitet. In seinem Lebenslauf liest man von häufigen Ortswechseln und abwechselnden Arbeitsbereichen. Mal eröffnete er eine Praxis, dann war er wieder als Übersetzer tätig. Er ist der Begründer der Homöopathie. Die Globuli, die kleinen Zuckerkügelchen mit der Medizin, werden heute noch in den Apotheken verkauft."

„Richtig. Genauer gesagt war Dr. Samuel Hahnemann ein Universalgelehrter. Er erhielt die Möglichkeit Medizin zu studieren, obwohl seine Eltern nicht vermögend waren. Vielmehr lebten sie in eher ärmlichen Verhältnissen. Wissbegierig und talentiert arbeitete er nach seiner Studienzeit erst als Arzt und auch als Chemiker", erklärte Anna. „Aufgrund seiner Sprachbegabung übersetzte er medizinische Schriften und verfasste auch selbst welche. Immerhin hatte er elf Kinder zu ernähren. Auch aus diesem Grund arbeitete er in diesem Beruf, um Geld zu verdienen."

„Wow, so viele Kinder und so viele Berufe", Paul pfiff durch die Zähne.

„Bei seiner Arbeit als Übersetzer bekam er Informationen zu den verschiedenen Behandlungsmöglichkeiten und neuen Erkenntnissen", fuhr Anna fort. „Ihm kam die Idee, zu experimentieren. Später wurde er auch durch seinen Versuch mit Chinarinde bekannt. Hahnemann nahm kleine Mengen von Chinarinde zu sich und notierte sich die Beschwerden, also Symptome, die bei ihm als gesundem Menschen auftraten. Dazu gehörte auch das Fieber, das an Malaria, einer Infektionserkrankung, erinnerte. Wenn er als gesunder Mensch Chinarinde zu sich nahm und diese furchtbaren Beschwerden bekam, dann müsste doch die Einnahme von Chinarinde bei einem Malaria-Patienten genau das Gegenteil bewirken, dachte er sich. Er probierte es aus und wurde mit Erfolg belohnt. Hahnemann wollte seine Versuche nun auch auf andere Mittel erweitern. Er wollte viele Mittel gegen viele Erkrankungen finden. Er teste nicht nur an sich selbst, auch seine Studenten waren aufgefordert, alle Symptome, die eine Einnahme hervorriefen zu notieren. Er erkannte, dass er Ähnliches mit Ähnlichem heilen konnte. Diese Ähnlichkeitsregel oder auch Simile-Regel genannt, heißt im lateinischen „Similia Similibus Curentur. Ähnliches möge durch Ähnliches geheilt werden", schloss Anna.

„Das hört sich schön und wichtig an", stimmte Paul zu.

„Das war es auch für Samuel Hahnemann. Er ist der Begründer der Homöopathie. Dieses Wort setzt sich aus dem Griechischen zusammen. Homoios heißt ähnlich und pathos heißt Leiden. Verbindet man beides entsteht das Wort Homöopathie."

„Was für eine verrückte Idee. Wie kommt man auf so etwas?", fragte Paul.

„Vor 200 Jahren war es mit der Hygiene noch nicht so gut bestellt", antwortete Tom. „Frisches Wasser, Körperpflege, Reinigung der Kleidung, all das war nicht selbstverständlich."

Anna nickte bestätigend. „Hahnemann missfielen die Behandlungsmethoden, die ihm bisher als Arzt zur Verfügung standen. Für ihn waren diese rückständig. Früher war es oft üblich, einen Aderlass vorzunehmen. Hierbei wurde ein Schnitt in der Haut vorgenommen, um den Menschen bluten zu lassen. Damit erhoffte man sich Linderung jeglicher Beschwerden. Auch Methoden zum Erbrechen oder der Darmentleerung waren beliebt. Antibiotika gab es zu der Zeit noch nicht."

„Die armen Menschen. Das hört sich schlimm an", stimmte Frieda zu.

„War es häufig auch. Zu dieser Zeit war es vorteilhaft, gar nicht erst zu erkranken, denn die Behandlungsmethoden waren teilweise äußerst rabiat und die hygienischen Bedingungen schlecht. Schließlich reden wir hier von bereits erkrankten Personen, die sowieso schon geschwächt waren. Hahnemann wollte die Selbstheilungskräfte der Erkrankten stärken", erklärte Anna. „Hahnemann prüfte daraufhin immer öfter verschiedene Mittel. Angefangen von Pflanzen, bis zu Tieren und Mineralien. Er benötigte die Informationen verschiedener gesunder

Personen, um seine Aufstellung der Symptome zu vervollständigen."

„Wie kommt man denn an so viele Freiwillige?", fragte Tom.

„Erst probierte er seine Versuche an sich selbst aus. Danach auch an seiner Frau und seinen Kindern. Seine Schüler sollten ebenfalls testen und alles ganz genau notieren. Diesen Vorgang nannte er Arzneimittelprüfung. Er bat seine Prüflinge, kleine Dosierungen einer Arznei über einen bestimmten Zeitraum einzunehmen und alles, was sich veränderte, aufzuschreiben."

„Welche Veränderungen sollten sie denn aufschreiben?", fragte Paul neugierig.

„Zum Beispiel ob sie nach der Einnahme Bauchschmerzen bekamen und wie diese sich anfühlten. Wurden die Beschwerden besser bei Wärme oder Kälte? Auch das Verhalten war Hahnemann wichtig. Wurde der Patient wütend und reagierte gereizt oder verkroch er sich still leidend ins Bett. Somit entstand ein Bild der Arznei, das sogenannte Arzneimittelbild." Anna machte eine kurze Pause. „In der Homöopathie ist es wichtig zu wissen, wie sich der Patient fühlt und wie er sich verhält, wenn es ihm nicht gut geht."

Tom nickte. „Bis hierhin habe ich alles verstanden. Kannst du mir noch ein Beispiel geben?"

„Selbstverständlich", Anna lächelte. „Bei dem Arzneibild Arnica – du weißt, die gelbe Blume oben in den Bergen – mag der Patient nicht berührt werden, weil ihm alles weh tut. Zum Schluss möchte ich dir noch etwas über

Hahnemanns Potenzierung erzählen. Dann solltest du genug Informationen für deinen Aufsatz haben."

„Vielen Dank, für deine Informationen. Ich bin schon jetzt auf meine Note gespannt." Tom zwinkerte den Mädchen zu.

„Hahnemann beobachtete auch, dass die Dosierungen, je kleiner sie waren, eine größere Wirkung entfalteten. Diesen Vorgang nannte er Potenzierung", fuhr Anna mit ihren Erklärungen fort.

„Das habe ich nicht verstanden", Tom schaute Anna fragend an.

„Hahnemann wünschte sich eine besser verträgliche Medizin. Deswegen verdünnte er seine verschiedenen Mittel immer weiter und schüttelte sie zwischendurch kräftig. So sollten sie ihre volle Kraft entfalten. Hahnemann stellte fest, dass die Arznei stärker wirkte, je mehr sie „potenziert" also verdünnt und geschüttelt wurde. Damit konnte er auch Stoffe prüfen, die eigentlich giftig waren. Dazu gehört auch die Pflanze Eisenhut."

„Wie soll Homöopathie wirken, wenn wenig oder kein Wirkstoff vorhanden ist?"

„Die Lebenskraft soll durch die Energie des Mittels wieder ins Gleichgewicht gebracht werden. Ich denke, das reicht dir für einen schönen Aufsatz", sagte Anna zu Tom. „Du hast dir eine wirklich interessante Person ausgesucht."

„Ich hoffe auch, dass sich kein anderer aus meiner Klasse Samuel Hahnemann für seinen Aufsatz ausgesucht hat."

„Also bei mir hat niemand außer dir nachgefragt, ob ich ihm helfen kann." Anna schaute zufrieden aus.

Später, nachdem sie Tom verabschiedet hatten, setzte sich Anna zu Emily, Frieda und Paul in die Sitzecke.

„Hast du eigentlich alle von Hahnemann gefundenen Mittel?", fragte Paul.

„Nein", sie lachte. „Es gibt so viele Mittel, da ist es fast unmöglich, alle zu besitzen."

„Wenn es so viele sind, wie kann ein Heilpraktiker die denn alle auseinanderhalten? Und wer kann sich schon so viele Pflanzen merken?", wollte Frieda wissen.

„Man muss viel über die einzelnen Mittel wissen und es gibt zur Unterstützung auch Computerprogramme. Da haben wir es heute natürlich leichter, als die Homöopathen damals. Die homöopathischen Mittel bestehen übrigens nicht nur aus Pflanzen. Auch Mineralien und sogar Schlangengift wird in der Homöopathie genutzt. Ich denke, wir werden in den nächsten Tagen noch einmal in die Berge gehen. Ich kenne dort einige Stellen, die euch sehr beeindrucken werden."

„Suchen wir dann Schlangen und holen uns ihr Gift?"

„Gott bewahre, nein. Ganz sicher nicht. Experimentieren kannst du, lieber Paul, wenn du ein ausgebildeter Arzt oder Chemiker geworden bist." Anna nahm Paul in den Arm.

„Dafür ist Latein ein wichtiges Fach."

Paul verzog das Gesicht. Frieda und Emily kicherten. Fremdsprachen mochte ihr Bruder gar nicht.

„Die homöopathischen Mittel tragen alle einen lateinischen Namen. Nämlich aus den Stoffen, aus denen die Mittel hergestellt werden."

„Wonach suchst du fein Mittel für deinen Patienten aus?"

„Erst einmal höre ich mir die Erzählung der Tierbesitzer ganz genau an. Dann mache ich mir ein Bild von dem Patienten und suche nach besonderen Beschwerden. Was fällt auf oder gibt es etwas Besonderes. Ich hinterfrage den Beginn und suche die Ursache. Die von mir ausgesuchten Beschwerden, also Symptome sind in einem Buch, dem Repertorium alphabetisch aufgeführt. Nehmen wir mal als Beispiel das Symptom Überanstrengung. Jede Beschreibung, in diesem Fall „Überanstrengung" enthält einen Verweis auf die Mittel, die infrage kommen können."

„Wie mühsam", stimmte Frieda zu.

Anna fuhr fort „Diese einzelnen Mittel zu den Beschwerden finde ich in den Büchern mit den Arzneimittelbildern, der Materia Medica. Um bei dem Beispiel zu bleiben, zeigt mir das Repertorium bei „Überanstrengung" den Verweis auch auf das Mittel Arnica an. In der Materia Medica schaue ich nun, welche Beschwerden noch so bei Arnica aufgeführt sind."

„Reicht dir ein Symptom?", wollte Emily wissen.

„Ein Symptom reicht nicht aus", lächelte Anna. „Drei bis fünf wären gut. Am besten man findet die Ursache. In diesem Fall ist die Ursache „Folge von Überanstrengung".

„Das ist aber sehr zeitaufwändig", stimmte Paul zu.

„Das grenzt an Detektivarbeit", bestätigte Frieda.

„Stimmt. Morgen werden wir Laura im Reitstall besuchen. Sie ist die Besitzerin und hat ihre eigene Hausapotheke an Globuli."

„So wie unsere Mutter. Woher weiß sie eigentlich, was
sie nehmen muss? Diese Bücher, die du erwähnt hast,
stehen nicht bei uns. Das wüsste ich."

„Das sind Mittel, die sich bei bestimmten Erkrankungen
bewährt haben. Auch dafür gibt es Literatur. Dort kann
man dann einfache Beispiele nachlesen. Laura schreibt
jedes Mittel in ihr Notizbuch. Das muss der Tierarzt wissen."

Besuch im Pferdestall – Hepar sulfuris

Anna konnte nicht nur gut wandern, sondern auch gut Auto fahren. Nachdem sie diverse Kisten und Taschen in dem Geländewagen verstaut hatte, ging sie zum Haus und lehnte in der Tür.

„Heute geht's zum Pferdestall. Kommt ihr mit? Ich muss nach einem Patienten schauen."

„Ja ich."

„Ich auch."

„Bin gleich soweit." Emily stellte das Frühstücksgeschirr in den Spüler und schnappte sich wie ihre Geschwister Pulli und Jacke. „Wo liegt denn der Schlüssel?"

„Wir schließen nicht ab. Zieht einfach die Tür zu. Das machen wir hier immer so." Anna ging zum Auto und die drei eilten ihr hinterher.

Der Weg ins Tal war nicht asphaltiert, aber gut befestigt. Wenn man wollte, konnte man die Schlaglöcher am Rand jedoch mitnehmen und die Fahrt ein wenig dramatischer wirken lassen. Und Anna wollte. Die Mädchen juchzten.

„Du bist die Meisterin der Kurzweiligkeit." Paul schaukelte absichtlich hin und her, um seinem Lob noch mehr Ausdruck zu verleihen.

„Mit deinem Geländewagen bringt das Spaß, aber in einer Kutsche hätte ich hier nicht fahren mögen", entgegnete Emily.

„Oben am Waldrand wohnt Alois Stadler. Ihn können wir fragen. Er ist Kutscher und kennt sich bestens aus. Den werden wir die Tage besuchen", beschloss Anna.

Sie bogen in eine kleine Allee ab. Knorrige Bäume säumten links und rechts den schmalen Kiesweg. Auf einem asphaltierten Platz angekommen, parkte Anna direkt vor einer Box.

„Was für eine freundliche Begrüßung!" Emily schaute verliebt aus dem Fenster. Aus der Box vor der sie parkten, schaute neugierig ein schwarzes kleines Pony.

„Die sind aber groß!" Paul war aus dem Auto gesprungen und streichelte bereits eines der Pferde, die auf dem gegenüberliegenden Paddock standen.

In diesem Moment kam Laura um die Ecke. Die Pferdebesitzerin trug Jeans und ein T-Shirt. Die Haare hatte sie praktischerweise zu einem Pferdeschwanz gebunden. Laura schob einen gut gefüllten Futterwagen vor sich her. „Hallo und guten Morgen. Früher gab es hier mehr Ponys als Pferde. Heute ist es genau andersrum. Und die haben einen Mordshunger. Ihr kommt gerade rechtzeitig. Ich bin gleich fertig." Sie deutete auf die Futterkiste.

„Das schreibe ich in mein Buch."

Frieda und Emily schauten Paul ungläubig an. „Du hast ein Tagebuch?"

„Nein, natürlich nicht", erwiderte Paul entrüstet. „Ich schreibe mir unsere Erlebnisse auf und natürlich was ich gelernt habe. Tja, da staunt ihr. Vielleicht muss ich wie Tom auch einen Aufsatz schreiben, wenn wir wieder zur Schule müssen."

„Das ist eine sehr schöne Idee", unterbrach die Stallbesitzerin die Ruhe. „Dann kannst du später, wenn du hier arbeitest auf deine Notizen zurückgreifen. Aber jetzt muss ich erstmal füttern. Die Damen und Herren erwarten mich schon sehnsüchtig." Mit einem Augenzwinkern drängelte sie sich an den vieren vorbei und leises Wiehern bestätigte ihre Aussage.

„Ich würde mir gern derweil Mister Fox ansehen. Wo steht er?" Anna hatte ihren Arzneikoffer, der eher aussah wie ein Handwerkerkoffer, aus dem Auto geholt.

„Da hinten, die vorletzte Box." Laura deutete auf die Stallgasse.

„Gut, dann wollen wir mal. Möchtet ihr mitkommen oder leistet ihr Laura beim Füttern Gesellschaft?"

„Na kommt man erstmal zum Füttern mit, dann zeige ich euch unsere Pferde und danach gehen wir zusammen zu Anna, ok?"

An jeder Box wurden sie freundlich wiehernd begrüßt. Laura wirbelte mit der Schaufel das Futter in die Krippen. „Eine Schippe Müsli und mal zusätzlich Hafer oder auch ganz einfach Pellets", kommentierte sie ihr Tun. „Fertig. Ich muss nur rasch die Futterkiste wieder einschließen, dann komme ich zu euch." Und schon war Laura wieder verschwunden.

Anna hatte inzwischen einen großen braunen Wallach aus der Box geführt und ihn in der Gasse angebunden. Nun untersuchte sie seine Hufe. Sie drückte und klopfte mit einer Zange gegen das Hufhorn. Mister Fox hob wie gewünscht abwechselnd die Hufe und lies sich ohne zu zucken untersuchen. Die Bearbeitung mit der Zange schien ihn gar nicht zu stören.

„Das sieht aber schon sehr gut aus", sagte Anna zu Laura gewandt, die gerade dazu gekommen war.

„Ja, nachdem er nochmal Hepar bekommen hat, konnte der Tierarzt den Hufabszess gut ausschneiden. Nun belastet er auch wieder alle vier Hufe."

„Was ist denn Hepar? Ist das auch eine Pflanze?", wollte Paul wissen.

„Nein. Hepar sulfuris ist Kalkschwefelleber."

„Das hört sich ekelig an. Was ist denn das?" Paul verzog das Gesicht.

„Hepar besteht aus zwei verschiedenen Mineralien. Einmal aus Kalziumcarbonat, das finden wir im Inneren der Austernschalen und aus Schwefelblumen. Das ist aus Schwefel gewonnenes gelbes feines Pulver", erklärte Anna. Sie war bei ihrer Untersuchung inzwischen bei Huf Nummer vier angekommen. „Hahnemann hat diese beiden Stoffe gemischt. Schwefel ist auch in einigen Cremes der Kosmetik enthalten. Es gibt sogar Schwefelseife zur Reinigung. Hier nutze ich die entzündungshemmende Wirkung mit einem homöopathischen Mittel."

„Und antibakteriell. Ganz großartig", ergänzte Laura.

„Woher wusstest du, dass er etwas am Huf hat?", fragte Emily neugierig und streichelte die Nüstern des Wallachs.

„Mister Fox hatte bereits öfter ein Hufgeschwür. Da war naheliegend, dass er sich auch diesmal wieder ein Steinchen in der Auffahrt eingetreten hatte. Außerdem lahmte er."

„Ich habe dann genau das gleiche gemacht, was ich auch jetzt tue", ergänzte Anna. „Ich klopfe das Hufhorn ab und teste mit der Zange. Zuckt das Pferd, tut es ihm weh und ich weiß, dass dort etwas nicht in Ordnung ist."

„Mal wieder ein Fall für Dr. Huber. Der Tierarzt konnte das Hufgeschwür bestätigen. Mit Hepar sulfuris haben wir den Eiter reifen lassen, damit der Tierarzt diese Stelle ausschneiden konnte. Warum mein Brauner immer wieder ein Kandidat für Hufabszesse ist, ist mir ein Rätsel. Alle anderen Pferde laufen auch unbeschadet über den Schotter." Laura schüttelte verständnislos mit dem Kopf.

„Vielleicht lag es diesmal gar nicht an einem eingetretenen Steinchen. Er kann auch an einer Bordsteinkante falsch aufgetreten sein und es bildet sich ein Bluterguss. Oder dein Wallach ist sich wieder in den Kronrand getreten", erklärte Anna.

Laura nickte nachdenklich.

„Wie schön, dass es ihm wieder besser geht." Frieda klopfte dem Braunen den Hals.

„Könntest du Hepar auch anderweitig nutzen?", fragte Laura.

„Sicher. Es ist allerdings ein typisches Mittel gegen Entzündungen. Besonders wenn eine Stelle zu eitern beginnt oder der Vorgang bereits zu erkennen ist. Schlicht, überall, wo Eiter im Spiel ist, denke ich an Hepar sulfuris."

Frieda verzog das Gesicht. „Eiter ist aber auch ein ekeliges Thema. Ich finde Pickel schon so widerlich."

„Da gebe ich dir recht meine liebe Frieda", erwiderte Anna. „Trotzdem gibt es diese gelben Absonderungen. Ein Pickel ist da noch das kleinste Problem. Aber wenn Tiere eine schmerzhafte Entzündung haben, muss der Zustand schnell geändert werden."

„Wäre es nicht auch ein gutes Mittel für Leonies Stute?", überlegte Laura. „Ich denke da an ihren gelben Ausfluss an den Nüstern. Sie ist so empfindlich und bei jedem Luftzug gleich erkältet. Leonie meint auch, sie stinkt aus den Nüstern."

„Das schaue ich mir gern einmal an." Anna nickte. „Wenn der Schleim aus den Nüstern zäh und gelblich aussieht, wäre es eine Möglichkeit. Riecht es denn auch nach altem Käse und stinkt? Etwa so wie Schwefel?"

„Ach nein, das wird ja immer schlimmer", Frieda verdrehte die Augen. „Ich werde später auf keinen Fall einen Beruf ausüben, bei dem nur das Wort Eiter vorkommt."

„Ich schon. Ich werde Tierarzt." Paul schien sehr entschieden.

„Wenn sich der gelbe Schleim löst, ist dies schon mal gut. Manchmal sitzt er aber auch sehr fest." Anna sprach nun mehr zu sich selbst.

„Danke schön. Ich glaub ich habe das jetzt auch verstanden." Emily wurde dieses Thema jetzt auch zu ausführlich.

„Na gut. Aber ich wollte Laura noch ihre Frage beantworten. Wozu Hepar sulfuris noch genutzt werden kann." Anna schaute die drei an. „Auch diesmal mit der gelben Substanz, aber nicht sofort zu sehen." Zu Laura gewandt sagte sie „Bei unterdrückten Hautausschlägen ist dieses Mittel noch interessant. Daran solltest du denken, wenn es Hautirritationen gibt oder diese nicht richtig heilen mögen."

„Gib mal bitte ein Beispiel", bat Laura.

„Schwellungen unter der Haut, wie bei Schleimbeutelzysten. Häufig sind das bereits chronische Geschehen, wie bei den unterdrückten Hautausschlägen."

„Woher kommen denn die Ausschläge?", wollte Frieda wissen.

„Die Haut kann empfindlich auf Stoffe aus der Luft oder aus dem Boden reagieren. Oder eben auch von gestrichenen Weidezäunen. Man muss schon darauf achten, dass hier Farbe ohne Schadstoffe verwendet wurde. An den Holzzäunen wird nämlich zu gern geknabbert."

„Dann hätte ich das auch bei Nicks Pony mit der Genickbeule geben können? Sie wehrt sich immer noch stark beim Anbinden. Das Halfter drückt dann ständig genau gegen diese Stelle." Laura deutete zur Erklärung auf den höchsten Punkt am Pferdehals, hinter den Ohren.

„Das ist sicher ein entzündeter Schleimbeutel im Genick", entschied Anna. „Das muss man sich auf jeden Fall genauer anschauen."

„Das mache ich." Laura nickte zustimmend.

„Wenn eure Stuten auf der Alm eine Euterentzündung haben oder der Nabel des Fohlens entzündet ist, kannst du auch an Hepar sulfuris denken. Dein Tierarzt wird es dir danken, wenn er eintrifft."

„Warum das?", fragte Paul.

„Die erkrankten Tiere sind unausgeglichen und unruhig. Sie haben Schmerzen und bemerken die Einschränkung. Pferde sind und bleiben Fluchttiere. Wenn sie sich nicht rechtzeitig in Sicherheit bringen können, besteht die Möglichkeit, dass sie wütend werden. Berührungen sind dann besonders unangenehm und können mit beißen und Tritten quittiert werden. Also lieber vorsichtig sein! Auch eine niedergeschlagene Kuh kann ganz schön austeilen. Aber zum Glück werden nicht alle Tiere böse."

Laura nickte zur Bestätigung.

„Das kann unser Tierarzt bestätigen. Er muss immer sehr wachsam sein. Am liebsten haben es die kranken Tiere warm. So kommen alle Sinnesorgane wieder zur Ruhe kommen", Laura schaute Anna fragend an.

„Das stimmt", bestätigte Anna. „Ein Euter ist bei einer Entzündung genauso empfindlich, wie ein Einschuss am Pferdebein. Anfassen ist dann sehr unbeliebt." Anna ergänzte, „ein Einschuss ist eine bakterielle Entzündung unter der Haut. Das wird auch Phlegmone genannt."

Laura klatschte in die Hände. „Ich glaube, wir haben uns alle eine Pause verdient. Habt ihr Lust auf ein Eis? Unser Luxus im Stall ist eine eigene Eistruhe und die ist immer gut gefüllt."

Die Brechnuss – Nux vomica

„Ja, ja, die Lieben halten einen ganz schön auf Trab." Laura seufzte. „Anna hat mir bereits viele Mittel gezeigt und mir noch mehr darüber erzählt. Ich bin sehr zufrieden. Meine Hausapotheke könnte allerdings etwas Ordnung gebrauchen. Ich wollte mein Schränkchen aufräumen. Ihr könnt mich gern begleiten und wir plaudern noch ein wenig."

Frieda blieb lieber an der Koppel bei den Pferden. Sie genoss das Bild der friedlich grasenden Stuten und Wallache. Annas Ausführungen über Kalkschwefelleber, oder wie sie es nannte, Hepar sulfuris reichten ihr für heute. Sie erfreute sich lieber an der Schönheit der bunt gemischten Herde.

Paul war jedoch Feuer und Flamme. Er wollte alles wissen, was Anna Laura bisher beigebracht hatte. Und neugierig war er auch.

„Wir bleiben noch ein wenig in der Sonne sitzen." Anna und Emily genossen den Schatten und die Ruhe.

„Behandelst du alle deine Pferde nur mit Globuli?", wollte Paul wissen, während er neben Laura herlief.

„Nein. Aber es ist schon eine Erleichterung, wenn man eine kleine Stallapotheke hat. Sie sieht schon beachtlich aus." Laura schlenderte mit Paul in den hinteren Stalltrakt. Sie schloss eine Tür mit der Aufschrift „Privat" auf und Paul folgte ihr.

„Es ist besser, wenn alle Medikamente und Verbandsmittel unter Verschluss sind. Ich wohne auf dem Hof.

Wenn jemand Bedarf an Desinfetionsmittel, Pflaster oder was weiß ich hat, kann er mich sofort erreichen." Laura öffnete einen großen weißen Schrank.

„Hammer. Das sind sehr viele Fläschchen." Paul pfiff durch die Zähne.

„Ich bin auch sehr stolz auf meine kleine Sammlung. Sie hat mir bereits gute Dienste geleistet, bis der Tierarzt kommt. Das kann hier etwas dauern. Dafür muss Dr. Huber zu viele Kühe behandeln. Zum Notfall kommt der Doc natürlich sofort."

„Was bedeutet das Vet auf den Fläschchen?", wollte Paul wissen.

„Das heißt, dass es sich um Globuli für Tiere handelt. Vet ist die Abkürzung für Veterinär."

Paul nahm eines der Fläschchen aus dem Schrank und hielt es Laura entgegen.

„Was ist das? Nux vomica?"

Laura setzte sich auf einen der Futtersäcke und lud Paul ein, das Gleiche zu tun.

„Das war mein erstes Mittel, mit dem ich Bekanntschaft machte." Laura schaute die Flasche nachdenklich an. „Anna hatte es einem der Ponys gegeben, nachdem es sich aus der Box, ich nenne es mal so, befreite und sich die nächste Futtertonne vornahm. Der kleine Racker hat mich ganz schön auf Trab gehalten." Laura klopfte auf den Futtersack, auf dem sie Platz genommen hatte. „Die sind aber auch unglaublich. Ist Futter in der Nähe, gibt es für die Ponys kein Halten mehr und es wird immer weiter gestopft. Bis der Magen randvoll ist. Gott sei Dank, haben wir es noch zeitig bemerkt."

„Nux vomica hat es dann gerichtet?"

„Ja ich denke schon. Jedenfalls gab es bei der Verdauung keine Komplikationen. Dr. Huber kam später dazu und hat nichts Ungewöhnliches festgestellt." Laura grinste.

„Erzählst du gerade die Geschichte von der Brechnuss?"

Anna und Emily waren den Beiden gefolgt.

„Bitte was?", Emily war nun ganz Ohr.

„Nux vomica ist lateinisch und heißt die Brechnuss. Gewissermaßen ist die Brechnuss eine Pflanze, aber keine Nuss. Genutzt wird eher der Samen, die wie kleine runde Taler aussehen. Der Baum wächst in Asien und Australien. Ausnahmsweise mal nicht in den Bergen." Anna zwinkerte Emily zu. „Diese Samen sind äußerst giftig. Genauso, wie die Blätter und Zweige dieses Baumes. Das Gift heißt Strychnin. Selbst in kleinen Mengen greift es das Nervensystem an. Als homöopathisches Mittel dagegen wirkt es beruhigend. In den Fachbüchern könnt ihr lesen: „Folgen durch Missbrauch von Nahrungs- und Genussmitteln". Dazu gehören auch der Genuss von zu viel Kraftfutter oder Vergiftungen und Fütterungsfehler. Es ist ein Mittel, das gleich am Anfang gegeben wird."

„Das Pony wurde jedenfalls ganz unruhig. Na wer wird das nicht, wenn zu viel des Guten schwer im Magen liegt.

Sehr ähnlich sind dann auch viele Vergiftungen der Menschen oder Tiere. Aber es muss nicht immer gleich eine Vergiftung sein. Vieles wird einfach nicht gut vertragen. Entweder als Substanz selbst oder aufgrund der Menge. Wobei wir wieder bei den Fressattacken der Ponys wären. Futter ist nicht schädlich, aber es kommt auf die Menge an."

Laura stimmte Anna zu. „So etwas Ähnliches hatten wir mal bei einem Hund, der die Medikamente nicht gut vertragen hat. Vielleicht hat er auch etwas Falsches oder zu viel gefressen. Ganz genau weiß man das bei den Streunern ja nicht." Laura tätschelte den dicken Bobby, der ihnen langsam gefolgt war. Der Hirtenhund war bereits in die Jahre gekommen und hatte es nicht mehr so eilig.

„Aber kannst du den Ponys die Brechnuss geben? Pferde können doch gar nicht brechen", überlegte Paul.

„Das stimmt. Die Bohne heißt so. Pferde würden auch eher vermehrt äppeln."

Wie alles begann – die Schule der Heilpraktiker

Die Abende bei Anna waren ein Genuss. Meist war es noch sehr warm. Der Sommer gab sich alle Mühe, die Berge von seiner schönsten Seite zu zeigen. Sie grillten Mais, Brot und Würstchen und warfen die Kartoffeln in die Glut. Mit Kissen und Decken machten sie es sich in den Liegestühlen gemütlich. Seit ihrer Ankunft war viel passiert. Sie hatten eine lange Wanderung gemacht, hatten eine außergewöhnliche Blume kennengelernt, besuchten einen Pferdestall und lernten Laura, die Besitzerin des Hofes kennen.

„Wann hast du beschlossen, Heilpraktikerin zu werden?", wollte Frieda wissen und kuschelte sich in den Liegestuhl.

„Als ich wusste, dass ich hierherziehen werde. Für mich war klar, dass sich Tiere, besonders Pferde und auch die Natur etwas mit meiner Arbeit zu tun haben müssen. Manchmal kommen die Gelegenheiten ganz unverhofft. Man muss sie nur wahrnehmen." Anna zeigte auf das Bergpanorama. „Ist das nicht ein herrlicher Ausblick? Von meiner Großmutter wusste ich bereits so vieles über die Natur mit ihren Schätzen, die sich hier in den Bergen befinden. Es ist schön, andere Menschen daran teilhaben lassen, was einen selbst begeistert und etwas über diese Vielfalt zu erzählen. Das hat mir schon immer viel Spaß gemacht." Sie fuhr fort „Ich erfuhr von dem Bau der Schule und wurde neugierig. Wie wäre es, dort zu arbeiten? Und was musste man dafür wissen? In Fachzeitschriften wurde ich fündig und so stand mein Entschluss fest. Ich wollte Heilpraktikerin werden. Eine, die unterrichtet und auch selbst in der Umgebung praktiziert. Ich liebe Tiere über alles und meine Großmutter weihte mich damals bereits in ihr Wissen ein. Zu ihrer Zeit hatten die Bauern nicht immer das Geld, den Tierarzt kommen zu lassen. Sie bedienten sich der Natur. Das wollte ich auch. Nur auf eine modernere Art. Ich wollte eine Ausbildung mit einer Prüfung machen. Das war mein Ziel und mein größter Wunsch." Anna machte eine kurze Pause.

„Also suchte ich mir eine Schule. In Fachzeitschriften und im Internet gibt es jede Menge Angebote. Meine Wahl fiel dann auf Hamburg. Die Bibliotheken, Buchläden und der Botanische Garten passten prima zum Thema und dürften das Lernen erleichtern. Die Beschreibung des Unterrichts war verlockend und die Vorlesungen fanden einmal an einem Wochenende im Monat statt. Das war machbar. Die Bahnfahrt war kein Problem. Es fühlte sich richtig an. Ich brauchte nur noch eine Unterkunft."

„Dann warst du ganz in unserer Nähe! Was für ein Zufall. Und nun machen wir bei dir Urlaub." Paul war begeistert.

„Bei einer ehemaligen Schulfreundin konnte ich an diesen Wochenenden übernachten. Sie hatte ein kleines Zimmer, das sie regelmäßig für mich ausräumte, das war perfekt. Ich musste kein zusätzliches Geld für ein Zimmer ausgeben."

„Deine Wahl hätte aber auch schiefgehen können. Woher wusstest du, dass es eine gute Schule ist?" wollte Emily wissen.

„Ganz einfach. Ich habe an einem Schnuppertag teilge-
nommen", grinste Anna. „Der erste Tag war wirklich lus-
tig. Das muss ich euch erzählen. Natürlich wollte ich ganz
sicher sein, dass der Unterricht an dieser Schule auch zu
mir passte. Schließlich dauerte die Ausbildung fast drei
Jahre. Ich hatte mich für einen Probetag angemeldet. Meine Freundin Karin habe ich mitgenommen." Anna sah
Paul an „ihre Meinung ist mir sehr wichtig. Ich wollte
ausschließen, dass ich in meiner Vorfreude etwas übersah,
was mich später ärgern könnte. Die Vorlesung fand in der
Aula einer Uni statt. Das war schon ein tolles Gefühl. Wir
setzten uns in eine der oberen Reihen an den Rand, damit
wir alles gut beobachten konnten. Der Saal füllte sich sehr
schnell. Wir waren bestimmt hundert Schüler. Es war so
aufregend. Es wurde in den Taschen gekramt, die Handys
auf dem Tisch platziert, Hefte und Bücher bereitgelegt.
Einige hatten bereits ihre Laptops dabei."

„Wer nimmt denn an so einer langen Ausbildung teil?",
wollte Paul wissen.

„Das würde mich auch interessieren. Ich kenne nieman-
den, der so etwas schon mal gemacht hat." Emily sah Anna fragend an.

„Eigentlich kann man das pauschal so gar nicht sagen",
überlegte Anna.

„Ganz unterschiedliche Personen. Viele junge Frauen.
Eines hatten alle jedoch gemeinsam: das Interesse am
Lernen und die Liebe zu den Tieren." Anna machte eine
Pause und trank ihre Limo. „Am Rednerpult der Dozen-
tin herrschte Hochbetrieb. Viele Schülerinnen stellten
Unmengen an Fragen. Es war schwierig, unsere Lehrerin

aus der Menschenmenge zu erkennen, obwohl sie mit ihren roten Haaren hervorstach. Sie hatte genauso schöne rote Locken wie du." Anna sah Frieda an und diese wurde verlegen. „Aber als der Unterricht begann und sich die letzten Schüler mit ihren Fragen auf die nächste Pause vertrösten ließen, waren alle ganz still und lauschten ihrer Vorlesung." Anna machte wieder eine Pause und schien sich genau an diese Momente zu erinnern. „Frau Kellermann, so hieß die Dozentin, begann ihren Vortrag über die Homöopathie. Da ich nur eine Probestunde besuchte und an diesem Tag ein Mittel besprochen wurde, konnte ich dem Ganzen nicht recht folgen. Sie erzählte etwas über Staphysagria. Das ist ein giftiger Rittersporn. Dieser heißt im lateinischen Staphysagria. Bis dahin hatte ich noch nie von diesem Mittel gehört." Anna schaute die drei an und fuhr mit ihrer Erzählung fort.

"Frau Kellermann erklärte uns, dass Staphysagria eine empfindliche Haut sei und häufig Warzen bekomme. Sie sprach über dieses Mittel, wie über eine Person, die beschrieben werden sollte. Staphysagria ist dies, Staphysagria ist das und bestimmte Sachen mag Staphysagria nicht. Erst habe ich gar nicht verstanden wovon sie spricht. Es ging hier doch um ein homöopathisches Arzneimittel. Bis ich verstand. Sie erzählte etwas über die Eigenschaften dieses Mittels. Sehr außergewöhnlich. Kein Mensch würde sagen: die Kopfschmerztablette ist morgens immer müde und bewegt sich gern." Anna fing an zu kichern.

„Das war in jeder Hinsicht ein sehr außergewöhnlicher Tag für mich. Während Frau Kellermann über ihren Rittersporn sprach, beobachtete ich von meinem Platz in den oberen Reihen die anderen Zuhörer. Von hier hatte ich einen guten Überblick. Grundsätzlich unterschied sich die Vorlesung nicht von meinem Unterricht in der Schulzeit. Ich schaute neugierig in die Runde, wer noch so mit mir in einem riesigen Raum saß und sich den Vortrag anhörte. Viele Teilnehmer schrieben eifrig mit, einige schauten gelangweilt aus dem Fenster, spielten an ihrem Handy oder schliefen einfach ein. Ich war mir so unsicher, ob es das war, was ich mir vorgestellt hatte."

Anna fuhr fort. „Direkt vor mir saß eine junge Frau. Sie hatte ihre gefilzten Haare zu einer Art Turban hochgesteckt. Irgendwann wurde ihr warm und sie zog ihren Wollpullover aus. Einer von diesen Pullovern, die schrecklich kratzen mussten. Durch ihr Top erkannte ich eine riesige tätowierte Sonne. Vielleicht war es diese Sonne, die mich unterschreiben ließ. Nicht allein. Ich entschied mich für einen interessanten Unterricht mit neuen Themen und neuen Gesichtern. Es war so erfrischend, mit so vielen Menschen, die unterschiedlicher nicht sein konnten, eine Leidenschaft zu teilen. Tja und nun lebe ich hier in den Bergen und unterrichte. Ohne Sonne auf dem Rücken." Anna zwinkerte. „So und nun ab ins Bett."

Annas Lieblingsmittel – Die Kamille

Anna und die Kinder verbrachten den heutigen Tag in der Hütte. Es hatte bereits in der Nacht angefangen leicht zu regnen. Emily betrachtete die von der Dachrinne herabfallenden Regentropfen und versuchte sie mit der Kamera einzufangen. Paul stöberte in Annas zahlreichen Büchern, die wohlgeordnet in einem riesigen Regal untergebracht waren. Frieda und Anna hatten es sich indes bei einem Tee auf dem Sofa bequem gemacht. Ihre zweite große Wanderung hatte Anna aufgrund des Wetters auf den nächsten Tag verschoben. Da sie diesmal ein gutes Stück weiter in die Berge wollten, hatte sie sich für den darauffolgenden Tag entschieden. Dann sollte sich die Sonne wieder zeigen oder zumindest nicht mehr regnen. Somit hatte sie einen Tag Pause angeordnet. Jeder genoss die Zeit auf seine Weise.

„Hast du ein Mittel, dass dir besonders gut gefällt?", wollte Frieda wissen. „Ich meine, jeder hat doch etwas, was er besonders gern mag oder leiden kann. Ich mag in der Schule den Sport am liebsten."

„Ja und nein." Anna ließ sich Zeit und schien die Arzneien in Gedanken zu sortieren. „Wenn ich darüber nachdenke, kommt die Kamille in die ganz enge Wahl."

„Die kenne ich." Paul rümpfte die Nase, „früher hat unsere Mutter mir bei Bauchschmerzen jeden Morgen und jeden Abend einen Becher Kamillentee gemacht. Sie hat so lange neben mir gestanden, bis ich ihn ausgetrunken habe." Er schüttelte sich. „Ich finde den Geruch schon so ekelig."

Emily und Frieda nickten mitfühlend.

„Das leidige Thema", bestätigte Anna. „Es schmeckt nicht immer gut. Meine Oma sagte immer, Medizin muss auch nicht schmecken. Vielleicht seht ihr es mit anderen Augen, wenn ich euch interessantes über die Kamille erzähle." Ergänzend fügte sie hinzu „ihren Geschmack müsst ihr nicht mögen, aber schätzen solltet ihr sie. Gerade weil sie eine heimische Pflanze ist, hübsch aussieht und Gutes bewirken kann." Anna geriet ins Schwärmen. „Sie ist eine der ältesten Arzneimittel. Die Kamille ist so unglaublich vielfältig. Man kann sie, wie Paul, auch als Tee genießen."

Paul verzog das Gesicht.

„Sie dient allerdings äußerlich auch als Massageöl. In Cremes ist sie ebenso beliebt. Das homöopathische Mittel nennt sich Chamomilla. Hierfür wird die echte Kamille genutzt."

„Was meinst du mit echter Kamille?"

„Es gibt viele verschiedene Sorten. Die echte Kamille jedoch erkennt ihr an den leuchtend gelben Blütenköpfen. Sie sind erhaben, also nicht so rund und flach wie bei anderen Arten der Kamille. Ihr Blütenköpfchen sieht einem Kegel ähnlich und ist innen hohl. Die Blütenblätter hingegen sind weiß. Aber das wisst ihr sicher bereits."

„Wozu nutzt man sie noch?", fragte Paul, während er bereits sein Notizbuch zückte.

„Auch Homöopathen wenden die Kamille zur Linderung bei Magenschmerzen an. "

„Woher wissen sie, das sie gerade dieses Mittel wählen sollten? Es gibt doch sicher viele, die bei Magenschmerzen eingenommen werden können", wollte Frieda wissen.

„Ein wichtiges Zeichen ist, dass Schmerzen als unerträglich wahrgenommen werden, egal wie schlimm sie sind. Der Patient ist sehr gereizt und unruhig, manchmal geradezu zornig. Ein gutes Beispiel hierfür sind Kinder, die sich gar nicht beruhigen lassen. Alles, was die Mutter versucht, ist falsch. Nichts kann sie trösten, nur wenn sie getragen werden, wird das Leid gemildert."

„Wozu wird die Kamille noch genutzt? Also außer bei Magenschmerzen meine ich?"

„Kamille ist auch ein ganz typisches Mittel für Beschwerden beim Zahnwechsel. Daran könnt ihr euch auch sicher noch gut erinnern. Es ist ein wichtiges Mittel beim Zahnen von Jungtieren. Während meiner Ausbildung hat mich ein Fall besonders beeindruckt."

„Erzähl!" Emily hatte genug herabfallende Wassertropfen fotografiert und war mit ihrer Ausbeute zufrieden. Nun gesellte sie sich zu Frieda und Anna auf dem Sofa. Mit geschlossenen Augen lauschte sie Annas Ausführungen.

„Wir hatten in der Schule eine ganz phantastische Dozentin mit Namen Rieke. Sie ließ uns häufig an ihren Fällen in der Praxis teilhaben. Das machte den Unterricht für uns so lebhaft. Und so erzählte sie uns eines Tages von der Chamomilla, einem Pony und von der Besitzerin Jule. In einem nahegelegenen Pferdestall sollte Rieke sich das Pony einer Kundin anschauen. Diese hatte sie zuvor angerufen und machte sich Sorgen um ihre kleine Stute. Das

Pony mochte einfach nicht mehr fressen. Sie verschmähte das Heu, ihr Müsli und sogar die Möhren. Bei solchen Informationen denkt man sofort auch an eine Kolik. In diesen Fällen sollte schnellstens der Tierarzt kommen. Rieke fuhr also in den Stall, um nach dem Rechten zu sehen. Die Besitzerin erwartete sie bereits an der Box ihres Ponys. Die Stute war sehr unruhig, das war nicht zu übersehen. Sie kreiste um sich selbst wie ein Hund, der seine Rute fangen möchte. Schließlich machte die Stute Anstalten, sich hinzulegen und warf sich dann tatsächlich ins Stroh. Dabei hob sie den Kopf und lies ihn immer wieder ermattet fallen. „Diese großen Augen schauten uns an, als wollten sie sagen: könnt ihr nichts für mich tun?", erzählte Rieke. Das dieses Pony Schmerzen hatte war offensichtlich. Ich konnte mir den Anblick bildlich vorstellen. Die Beschreibung war so eindeutig. Sie empfahl Jule umgehend den Tierarzt zu rufen. „Das glaubt ihr nicht, " erzählte Rieke weiter „während wir vor der Box standen und recht hilflos waren, kam eine Bereiterin vorbei und meinte: ach das kenne ich. Dann zahnt die junge Stute. Sprachs, und ging weiter, als wäre es das normalste der Welt."

„Was für eine verzwickte Situation. Und was hat sie gemacht?" Frieda konnte sich den Anblick ebenfalls sehr gut vorstellen.

„Sie gab der Stute auf Riekes Anraten eine Gabe Chamomilla und gleichzeitig wurde der Tierarzt gerufen. Wie kam sie auf die Idee, gerade dieses Mittel auszuwählen? Die junge Stute war zwar weder gereizt, noch zornig, aber die Unruhe und das nervöse Verhalten waren zu eindeutig. Ein Zahnwechsel, wenn er es war, schmerzte immer.

Aber hier schien der Schmerz unerträglich und unverhältnismäßig groß. Als sie sich auf dem Heimweg befand, erhielt Rieke einen Anruf." Anna schaute in die Runde. „Die Bereiterin hatte Recht. Das Pony zahnte. Kein Wunder, dass die kleine Stute nicht fressen wollte. Die eingetroffene Tierärztin konnte nicht viel machen. Durch die Globuli ging es der Stute allerdings etwas besser. Die Besitzerin sollte ihr entsprechendes Futter anbieten, dass das Pony auch mit den Schmerzen beim Fressen annahm. Es hat dann noch drei Tage gedauert, bis die Stute wieder genüßlich Heu fressen konnte. Wie schön, dass der Spuck nach einigen Tagen vorbei war. Jule war überglücklich und die Kamille hat wieder einmal gezeigt, was so alles in ihr steckt."

„Da fallen mir ein paar Mädchen in der Schule ein, die auch Chamomilla gebrauchen könnten." Paul klappte sein Heft zu. „Schlecht gelaunt, egal was man macht."

„Dieser Vortrag von meiner damaligen Dozentin hatte mich sehr beeindruckt", sagte Anna. „Danach verstand ich noch besser, was ein Arzneimittelbild sein soll. Eben eine bildliche Vorstellung von einer Arznei. In diesem Fall war es eindeutig die Kamille. Das leidende Verhalten bei Schmerzen. Die Aggression war glücklicherweise nicht vorhanden. Ein wichtiger Anhaltspunkt für mich als Homöopathin ist bei der Wahl der Chamomilla, dass die Patienten gar keine Art von Schmerzen dulden", Anna schüttelte den Kopf. „Auch bei Magenbeschwerden oder Ohrerkrankungen fallen Schmerzen unterschiedlich stark aus. Bei Chamomilla fallen sie immer aus dem Rahmen. Wie in dem Beispiel mit den Schmerzen beim Zahnen.

Dieses Mittel kommt bei mir seitdem immer in die engere Wahl", schloss Anna ihre Erzählung.

Wanderung zum Eisenhut – Aconitum

Mit der Zeit gewöhnten sich die Geschwister an ausgedehnte Spaziergänge und Wanderungen. Anfangs begannen die Füße durch die ungewohnte Belastung schnell zu schmerzen. Besonders auf den schmalen Pfaden mit dem unwegsamen Boden mussten sie auf rutschige Wurzeln oder herabgefallene und umgeknickte Zweige achtgeben. Weiter oben nahe der Almwiesen gab es wenig bewaldete Wanderwege, was das Laufen in der Sonne noch mehr anstrengte.

Sie freuten sich dennoch auf diese Zeit. Sie konnten jeden Tag ausschlafen und Anna empfing sie mit einem leckeren Frühstück. Es durfte gekrümelt werden und keiner musste ungeliebte Tees aus Kamillenblüten trinken. Die drei schmierten sich so viel Honig und Butter auf die Brote, wie sie wollten und der Zucker für den Kakao wurde nicht penibel abgemessen. Anna hatte eindeutig gegen Tante Klara gewonnen. Es brachte Spaß, die Päckchen für die Wanderungen zusammenzustellen und die selbstgemachte Limo einzupacken. Heute wollten sie allerdings früh aufbrechen. Das Wetter hatte sich bereits gestern Abend geändert. Nachdem es den Tag über regnete, verließ der Tag die Berge mit einer rotglühenden Sonne am Horizont. Dem Ausflug sollte nun nichts mehr im Wege stehen.

„Habt ihr alles? Für die Fotos nehmen wir die Handys mit, die Kamera lassen wir heute zu Haus. Brote, Limo, Pulli, alles dabei? Und vergesst nicht die Regenjacke. Ich denke, da kommt heute trotz des Wetterwechsels noch was." Anna hatte sich bei der Wetterstation erkundigt, um sich eine weitere Meinung einzuholen.

Sie schlug mit ihrem Jeep erst die gewohnte Route ein, bog dann nach kurzer Zeit in einen kleineren Weg ab.

„Gehen wir heute nicht zur Wiese mit den Blumen, wo die Arnica steht?", fragte Emily.

„Nein, das wäre langweilig." Anna schüttelte den Kopf. „Ich möchte euch heute einen neuen Weg und vor allem eine neue Pflanze zeigen."

Anna parkte ihren Geländewagen und schlug einen schmalen Pfad ein. Wortlos liefen sie in einer Reihe hinter ihr her. Der Weg war sehr schmal und kleine Steinchen störten beim Gehen. Es war trotzdem angenehm im Schatten der Tannen zu wandern. Hier oben hatte die Sonne genug Kraft für einen Sonnenbrand. Weiter oben am Berg würden sie auf den Schutz der Nadelbäume verzichten müssen.

Die vier kamen zu einer großen Lichtung. Hier wechselten sich Grasland und schroffe Felsen ab.

„Ach wie schön, da vorne ist er schon, der Eisenhut." Anna zeigte mit einer ausladenden Handbewegung auf eine Staude, die gut und gerne 1,5 Meter hoch war. Zielstrebig steuerte sie auf die Pflanze zu, ohne ihren flotten Wanderschritt zu verringern. Paul, Emily und Frieda folgten ihr im gleichen Tempo. Zu Beginn der Ferien wurde dies mit gemeinem Muskelkater bestraft, jetzt aber hielten sie die Strecken recht gut durch. Am Ende der Lichtung konnten sie ein kräftiges Blau entdecken.

„Die kenne ich." Paul blieb vor den Blumen stehen. „Die haben die Krämers im Garten in ihrem Beet. Sie ist wirklich sehr schön."

Emily war als erste bei der Staude angekommen. „Sie sieht mächtiger aus, als die kleine Arnica. Aber auch größer als Paul und sie hat so kräftige dicke Stängel. Dafür sehen die Blüten wiederum sehr zart aus." Emily bückte sich und schaute von unten in eine der in Trauben hängenden Blüten hinein. „Sie sehen aus wie umgestülpte Kelche."

„Diese kräftige blaue Farbe ist wirklich umwerfend. Schau mal. Eine Hummel." Frieda beobachtete fasziniert den Anflug dieses rundlichen Insekts. Kurz darauf war die Hummel im Kelch verschwunden.

„Sie ist eine der Schönheiten der Berge, aber auch die giftigste Pflanze in Europa. Damit meine ich die Blüten und die Blätter. Seid so gut und haltet genügend Abstand. Ich möchte, dass ihr diese Pflanze nicht anfasst." Anna wirkte etwas angespannt. Sie schien sichtlich besorgt, dass die Geschwister sich auch an ihre Anweisung hielten. „Das ist der blaue Eisenhut und bereits beim Kontakt mit der Haut sehr giftig. Der lateinische Name ist Aconitum napellus." Sie machte eine kleine Pause und holte die belegten Brote aus ihrem Rucksack. „Die Blüten erinnern an einen Eisenhelm, der früher getragen wurde. Sturmhut wird der Eisenhut auch genannt. Er wächst gern im Gebirge, wenn er nicht gerade bei den Krämers im Garten steht", Anna zwinkerte Paul zu. „Jetzt ist es sonnig und warm. Es kann aber auch unangenehm stürmen. Das Wetter ändert sich hier oben schnell und ist wechselhaft. Der damit aufkommende Wind kann plötzlich Kälte und Trockenheit bringen. In den Bergen muss man immer sehr wachsam sein." Anna biss von ihrem Brot ab.

„Also ich finde die Krämers sehr mutig, wenn sie so eine gefährliche Blume im Garten hegen und pflegen. Gut, dass ich sie dort noch nicht angefasst habe." Paul schien sichtlich beeindruckt.

„Kommt her, ich erzähle euch, was es über diese giftige Pflanze noch Interessantes zu berichten gibt", Anna nahm einen Schluck Limo. „Früher wurde sie gern als Mordmittel genutzt. Die Einnahme verursacht nicht nur Schmerzen und Fieber, sondern schränkt zusätzlich das Herz-Kreislaufsystem ein. Dadurch kommt es zur Unruhe bis hin zum Schock." Anna machte eine kleine Pause.

„Acon ist lateinisch und bedeutet Pfeil. Das Gift wurde auch gern zum Jagen genutzt."

Frieda schaute interessiert. Emily dagegen schauderte. „Das ist ja gruselig. Und wozu nutzt man sie noch, außer für diese schrecklichen Dinge?"

„Heute ist Aconitum ein Schmerzmittel und dient als Öl auch für Einreibungen. Und das auch nur sehr verdünnt. Eben als homöopathisches Mittel. Ein typisches Anzeichen einer beginnenden Erkrankung ist, dass der Patient gerade noch ganz gesund war und plötzlich krank. Wie aus heiterem Himmel. Häufig kommt es zu einem schnell ansteigenden Fieber ohne Schweiß."

„Ist das wichtig? Bei Fieber schwitzt man doch immer."

„Das ist ganz typisch für dieses Mittel, dass noch keine Schweißbildung stattfindet. Aconitum wird auch als Mittel des Anfangs einer Erkrankung bezeichnet. Es gibt andere Mittel, wenn der Patient stark schwitzt. Deshalb ist es immer ein interessantes Zeichen für uns Homöpathen. Die Erkrankten sind meist sehr unruhig, besonders abends und nachts. Zusätzlich leiden sie unter Schmerzen, die sehr heftig ausfallen können. Denkt nur einmal an das Zahnen oder bei Kieferschmerzen."

„Du meinst, wenn man ganz plötzlich eine Erkältung bekommt?", wollte Emily wissen.

„Zum Beispiel. Als Ursache kommt sehr oft trockene und kalte Luft in Frage. Das wäre bei einem Wetterwechsel der Fall. Aber auch bei einer Unterkühlung oder bei starker Zugluft kann man sich schnell erkälten. Dann kommt es nicht selten zu Gliederschmerzen oder Nervenschmerzen."

„Ich kenne das. Erst ist meine Nase ganz trocken und verstopft. Ich kann dann gar nicht ausschnupfen und anschließend ist mein Rachen rot und geschwollen", sagte Frieda. „Der Husten tut dann richtig weh."

„Ja genau. Das wäre auch so ein Beispiel. Häufig kann man noch nicht erkennen, um was für eine Krankheit es sich handelt, sicher ist nur, es ist etwas am Kommen." Anna schaute die drei mahnend an. „Natürlich ist das immer ein Fall für den Tierarzt. Wenn sich plötzlich von jetzt auf gleich ein Infekt oder eine Entzündung ankündigt, ist an das homöopathische Mittel Aconitum zu denken." Sie biss erneut von ihrem Brot ab. „Aconitum kommt immer ganz am Anfang zum Einsatz."

„Was für eine mächtige Blume", sagte Emily anerkennend. „Ich hätte nicht gedacht, dass wir in Europa so giftige Pflanzen besitzen. Was kann der blaue Eisenhut noch, außer uns zu Tode erschrecken?"

„Genau das. Phantastisch oder? Aconitum wird in der Homöopathie auch bei Schreck eingesetzt. Er wirkt zusätzlich auf die Psyche. Könnt ihr mir sagen, wann sich ein Tier in Angst und Schrecken versetzen lässt?", fragte Anna in die Runde.

„Wenn die Jungtiere von der Mutter getrennt werden?" Emily schaute Anna fragend an.

„Genau. Beim Absetzen der Fohlen oder Kälber zum Beispiel. Sehr gut. Was fällt euch noch ein?"

„Pferde", meinte Paul, „die erschrecken sich doch immer."

„Das ist doch klar, es sind schließlich Fluchttiere." Emily dachte nach. „Als bei uns letztes Jahr ein Reitturnier war, ist jemand so knapp mit seinem Anhänger an Maikas Pferd vorbeigefahren, dass sie ihr Pferd nur noch ganz schwer verladen konnte."

Anna nickte. „Genau so etwas meine ich. Das nennt sich Folge von Schreck. Das kann ein Ereignis sein, welches gerade passierte, aber auch eines, dass schon ganz lange her ist. Da reicht manchmal ein bestimmtes Geräusch oder der Anblick der Bedrohung und die Tiere werden panisch." Anna vernahm ein leichtes Grollen in den Bergen. Der Wind begann aufzufrischen. Kleine Wölkchen trieben immer schneller am Himmel. Emily begann zu frösteln.

„Das Wetter schlägt schneller um, als ich dachte", murmelte Anna. „Bevor wir panisch einen Unterschlupf suchen, gehen wir lieber gleich weiter und kehren beim Kutscher ein. Dort können wir warten, bis sich das

Unwetter verzogen hat. Nach Haus schaffen wir es in keinem Fall. Seine Hütte ist ganz in der Nähe, also Marsch Marsch."

Unterschlupf beim Kutscher – Graphites

„Na, wen haben wir denn da?", begrüßte sie freundlich lächelnd ein gut genährter Mann.

Die drei wurden nicht nur von den dunklen aufziehenden Wolken erschreckt, sondern auch von Annas hektischem Aufbruch. Sie rafften ihre Sachen zusammen und stopften sie in die Rucksäcke. Mehr laufend als gehend folgten sie Anna auf geschwungenen Pfaden zum nahen Wald-rand und erreichten eine große Hütte. Rauch stieg aus dem Schornstein. Also war diese bewohnt, schlussfolgerte Paul. Anna öffnete die schwere Holztür und schob die Geschwister in einen großen Vorraum. Hier hingen jede Menge Mäntel, Hüte und Pullover.

Anna nickte dem großen Mann zu. Hier wurde sie immer herzlich empfangen. „Darf ich vorstellen? Das sind meine Feriengäste Frieda, Emily und Paul." Sie zeigte auf den Kutscher. „Das ist Alois Stadler. Er bietet Kutschfahrten im Tal an."

„Für euch Alois." Er blickte die drei aufmunternd an. „Was macht ihr an so einem ungemütlichen Tag hier oben?"

„Wir waren unterwegs zu den Stauden des Eisenhutes", antwortete Anna. „Der Wetterwechsel kam schneller, als ich dachte und hat uns unterwegs mächtig überrascht."

„Na dann kommt schnell in die gute Stube. Es wird nicht mehr lange dauern." Er zeigte mit seiner großen

Hand in den Himmel. „Da braut sich etwas zusammen. Da solltet ihr nicht unterwegs sein."

Drinnen war es gemütlich und urig. Auf dem gusseisernen Herd standen mehrere Töpfe, in denen es blubberte. Es roch umwerfend und der Inhalt sah phantastisch aus.

„Eintopf. Genau das richtige bei so einem Wetter. Habe ich aber gerade aufgesetzt. Das dauert noch ein Weilchen. Aber so schnell wird sich das Unwetter auch nicht verziehen. Tee?"

„Wo wir schon mal hier sind, würde ich mir Peppi gern ansehen", sagte Anna, während sie die Becher mit Tee verteilte.

„Natürlich. Möchten sich deine Gäste meine beiden Kaltblüter auch mit anschauen?" Er verschwand in den Schmutzfang und kehrte mit einer Handvoll Plastik zurück. Ohne eine Antwort abzuwarten, verteilte Alois Regencapes an alle und sie liefen gemeinsam den kurzen Weg durch den Regen zum Stall. Das Unwetter kam nun immer näher und verdunkelte den Himmel. An der Scheunentür wurden sie durch ein leises Brummeln begrüßt. Alois Stadler schaltete das Licht an und zwei große Augenpaare schauten die unerwarteten Besucher freundlich an.

„Oh. Die sind aber schön. Ich hatte sie mir etwas robuster vorgestellt." Frieda war ganz entzückt.

„Nicht wahr? Das sind meine beiden Wallache Peppi und Figaro."

Der Kutscher tätschelte beiden die Stirn. „Sie ernähren uns durch die Kutschfahrten. Die Karossen stehen übrigens im hinteren Teil dieser Scheune."

„Die würde ich mir auch gern anschauen", beeilte sich Paul zu sagen, dem das Wasser von der Kapuze tropfte.

Frieda streichelte dem Rappen die Nüstern. Die Pferde genossen sichtlich die Zuwendung.

Anna betrat die große Box der beiden und begann den Mähnenkamm von Peppi ausgiebig zu begutachteten. Sie teilte die lange Mähne Stück für Stück und ließ ihre Hände über das Fell gleiten. „Das fühlt sich schon viel besser an. Die Haut ist nicht mehr mit Krusten übersäht und keine verklebten Haare mehr zu entdecken. Das Fell ist schön nachgewachsen. Das freut mich."

„Es glänzt auch wieder wie früher. Darüber bin ich auch sehr froh." Zu den dreien gewandt ergänzte er „Keiner möchte in einer Kutsche fahren, vor der zottelige und struppige Pferde laufen."

Zustimmendes Nicken.

„Ich denke, den Hautausschlag hat sich Peppi beim Holz ziehen geholt", vermutete Anna.

„Sind sie auch Rückepferde?", fragte Emily erstaunt.

„Ich glaube, das wäre dann doch nicht die richtige Arbeit für die zwei." Der Kutscher tätschelte Peppis Kruppe. „Aber sie müssen ab und an mit mir in den Wald zum Holz holen. Sonst haben wir im Winter nichts zum Heizen. Oder zum Eintopf kochen." Er zwinkerte Emily zu.

Anna war noch immer dabei, Peppis Haut zu inspizieren. „Die große Frage ist, warum er so eine starke Hautreizung bekommen hat. Ich denke, die Stechmücken am

Bachlauf, weißt du, der am Rande des Waldstücks, haben ihn attackiert. Figaro ist robuster. Ihm schien dies nichts auszumachen." Anna machte eine Handbewegung zum zweiten Rappen. „Peppi hier dagegen hatte weniger Glück. Wahrscheinlich hat er sich so lang gescheuert, bis die Stellen bluteten. Das finden die Blutsauger richtig gut."

„Peppi hatte allerdings schon längere Zeit Probleme mit seiner Haut", entgegnete Alois. „Im Sommer hatte er häufiger Stellen unter der Mähne, die rissig, rot und geschwollen waren. Zum Winter sah die Haut immer besser aus. Sobald es wärmer wurde, fing er wieder an sich an jedem Baum oder was auch immer in der Nähe war zu schubbern."

„Klar, und dann juckt es erst recht. Ach du armer Kerl." Anna kraulte den Wallach am Bauch. „Das nennt sich dann Sommerekzem", sagte sie zu Emily. „Man muss schon gut aufpassen, damit man den Zeitpunkt erkennt, wenn es wieder anfängt. Ist die Haut erstmal durch Jucken und Kratzen beschädigt, ist es mühsam, derer Herr zu werden. Je länger es dauert, umso schwieriger wird die Behandlung." Anna wechselte die Seite und schob die üppige Mähne nun zur entgegengesetzten Seite. Sie teilte mit den Fingern das Fell, um die Haut besser untersuchen zu können. „Doch, ich bin zufrieden. Hast du die Mähne immer mal geflochten, damit mehr Luft an die Stellen kommt?"

„Natürlich." Der Kutscher machte sich noch größer, als er bereits war. „Ich befolge alle deine Ratschläge."

„Dann schaue ich mir noch die Hufe an, wo wir schon mal da sind. Komm mein Hübscher. Gib den Huf." Artig hob das Pferd bei Annas sanfter Berührung das Hinterbein.

„Schon komisch, am Mähnenkamm nässt die Haut und juckt. Die Hufe dagegen sind so trocken und spröde, richtig rissig." Alois schüttelte verständnislos den Kopf.

„Das nennt sich gegensätzliche Symptome", erklärte Anna. „Entweder trocken und rissig oder eben nässend. Letzteres kann dann auch schon mal übel riechen." Sie verzog die Nase. „Ich denke da an eine Strahlfäule am Strahlhorn." Sie zeigte auf die Stellen der Trittfläche. „Davon ist Peppi aber verschont geblieben. Seine Hufe gefallen mir schon viel besser. Das Hufhorn wächst ohne Risse gut nach und ist nicht mehr ganz so spröde. Du bist auf einem guten Weg, mein Guter." Freundschaftlich tätschelte sie dem Pferd den Hals.

Der Kutscher kratzte sich am Kopf. „Ich hätte da aber noch eine Bitte. Könntest du auch einen Blick auf Figaros Hinterbeine werfen?"

Anna hatte sich bereits dem zweiten Rappen zugewandt. Sie tastete vorsichtig die Fesselbeugen ab. „Das fühlt sich an wie Mauke und sieht auch aus wie Mauke. Es scheint gerade zu beginnen." Sie strich über die verkrusteten und borkigen Stellen am Bein. „Die Krusten müssen in jedem Fall erstmal ab. Und dann säubern wir die Stellen und ich schreibe dir ein Mittel auf, dass du aufträgst."

Der Kutscher nickte.

„Figaro gibst du bitte auch Graphites. Ich schreibe dir nachher alles auf. Die Mittel bekommst Du von Dr. Huber. Hast du dir auch notiert, wann du bisher die Globuli gegeben hast?"

„Wie immer alles im Heft notiert", bestätigte Alois.

„Fein. Ich bin sehr zufrieden mit Peppis Haut und Fell. Du weißt wie wichtig es ist, sich an die Dosierungen zu halten. Sonst macht dein Wallach im schlimmsten Fall eine Arzneimittelprüfung durch. Und das wollen wir schließlich nicht".

„Komisches Wort. Was ist das, eine Arzneimittelprüfung?", fragte Paul.

„Du erinnerst dich noch, was ich über Hahnemann erzählte? Durch regelmäßige Gaben einer Arznei für einen Gesunden, erfuhr er, welche Symptome auftreten können. Wurde nun ein Kranker vorgestellt und hatte ähnliche Symptome, wie die von Hahnemann festgestellten, konnte dieses Mittel genutzt werden."

„Was hätte der Kutscher machen können, wenn er das Mittel falsch gegeben hätte?"

„Dann hätte ein Antidot verschrieben werden müssen."

„Was ist das?"

„Sozusagen ein Gegenmittel in der Homöopathie, dass die Wirkung, in diesem Fall von Graphites, aufhebt und die Symptome verschwinden können."

„Gibt es das für jedes Mittel?"

„So ziemlich. Die Symptome einer Arzneimittelprüfung können sehr unschön sein. Das wollen wir gar nicht erst ausprobieren."

„Es gibt doch aber Globuli, die man häufiger geben darf?" Paul ließ nicht locker.

„Das ist richtig. Das sind die D-Potenzen. Das bedeutet ein Teil Wirkstoff, neun Teile Verdünnung. D steht für Dezimal. Auch wieder Latein. Aber auch diese sollten nur maßvoll verabreicht werden. Vor allem sollte man sich aufschreiben, wem und wann man sie gegeben hat. So wie es Alois auch tut. Die C-Potenzen, C steht für Centismal, sind viel mehr verdünnt. Genaugenommen ein Anteil Wirkstoff und 99 Teile Verdünnung. Hahnemann stellte fest, dass sie eine stärkere Wirkung haben. Sie werden aus diesem Grund nicht so häufig, wie die D-Potenzen gegeben."

„Aha. Und was ist denn dieses Graphites, was Peppi bekommen hat?" Nun wurde Frieda neugierig.

„Grafit ist ein sogenanntes Kohlenstoff-Mineral. Es ist wunderschön glänzend und hat eine tiefschwarze Farbe mit silbernem Schimmer. Auf Fotos sieht es rau aus, hat aber eine glatte Oberfläche. Bleistiftminen werden aus Grafit gewonnen und die Industrie macht sich dieses Metall auch zunutze. Die Homöopathen dagegen verwenden es gern bei schlecht heilenden Wunden."

„So wie bei dem Rappen unter der Mähne und Figaro an den Beinen."

„Stimmt. Manchmal ist der Stoffwechsel so langsam, dass es auch bei kleinen Verletzungen zu chronischen Hauterkrankungen kommt. Im wahrsten Sinne des Wortes kommen sie und gehen nicht mehr weg."

„Ist Graphites nur für die Haut gedacht? Da hat Hahnemann so viele Tests gemacht und es kam nur etwas für die Haut heraus?"

„Nein, nicht nur. Aber hauptsächlich. Schleimhäute können auch betroffen sein."

„Was denn zum Beispiel?"

„An den Schleimhäuten im Magen kann sich ein Geschwür bilden oder im Darm sind die Schleimhäute so krank, dass es zu Durchfall oder auch Verstopfung kommt."

„Ihr seid wirklich neugierige Gäste", mischte sich der Kutscher ein. Da bekomme ich Hunger bei so viel Informationen. Habt Ihr Lust auf Eintopf?"

Die drei nickten begeistert.

Anna war zufrieden. „Gibt's noch Tee?"

Der Förster und die Holzkohle - Carbo vegetabilis

Es klopfte an der Tür und im gleichen Moment wurde sie geöffnet.

„Hallo, jemand da?" Der Förster steckte seinen Kopf zur Tür herein.

„Komm rein. Da habt ihr euch alle den richtigen Tag ausgesucht." Dem Kutscher schien das Unwetter nichts auszumachen. „Endlich habe ich mal Gäste."

„Wen haben wir denn da? Anna!" Der Förster nahm Anna in den Arm. „Meine Retterin. Na so eine Überraschung." Dann sah er Emily, Frieda und Paul.

„Darf ich dir meine Sommergäste vorstellen? Das sind die Cousinen Frieda und Emily und der Cousin Paul meiner Freundin. Sie besuchen mich für drei Wochen und genießen hoffentlich die schöne Zeit." Anna sah die Geschwister verschmitzt an.

„Und wie gefallen euch die Berge? Abgesehen von diesem fürchterlichen Regen."

„Prima."

Draußen blitzte es erneut. Kurz darauf war ein ohrenbetäubendes Donnern zu hören.

„Na da schau ich noch mal nach Peppi und Figaro. Wollt ihr mitkommen?" Der Kutscher schnappte sich die Mädchen und Paul lief hinterher.

Der Förster und Anna machten es sich am Tisch bequem.

„Kaffee?"

„Sehr gern."

Kurze Zeit später kamen die Vier aus dem Stall zurück.

„Alles in Ordnung. Solang sie was zu Fressen haben, ist die Welt in Ordnung."

„So, und euch hat es zu Anna verschlagen? Nicht die schlechteste Wahl würde ich sagen." Der Förster zwinkerte ihr zu.

„Als wir uns das letzte Mal gesehen haben, hast du mir ganz schön aus der Patsche geholfen." Zu den dreien gewandt fuhr er fort. „Das Wetter änderte sich schlagartig. Allerdings gab es kein Gewitter, sondern es wurde ungemütlich schwül und heiß. Ich war nicht darauf vorbereitet und hatte nichts zu trinken mitgenommen. Ein böser Fehler. Die feuchte, warme Luft wurde immer drückender und schlug mir auf den Kreislauf. Eine schlechte Situation. Oben in den Bergen ist der Handy-Empfang nicht besonders gut und die Gegend ist unter der Woche ziemlich einsam. Mir wurde schwindelig und ich saß bereits eine ganze Weile dort oben, als Anna vorbeikam." Der Förster tätschelte väterlich Annas Hand.

„Und was hast du gemacht?", fragte Paul.

„Kügelchen." Sie lächelte. „Ganz im Ernst, was anderes hatte ich an dem Tag auch nicht dabei. Nur meine Notfalltasche und noch einen Schluck warmes Mineralwasser. Was für eine unwirkliche Situation. Unser Förster saß gebeugt auf einem großen Stein und war leichenblass. Kalter Schweiß stand auf seiner Stirn und offenbar hattest du dich auch übergeben!" Das war eher eine Feststellung von Anna, als eine Frage.

„Das war wirklich schlimm. Das ist mir noch nie passiert. Ich war so schlapp und müde. Ich dachte, ich werde jeden Moment ohnmächtig. Ans Aufstehen war gar nicht zu denken. Was für ein großes Glück, dass du vorbeigekommen bist. "

„Und das bei einem Kerl, der sonst das erlegte Reh auf die Schultern nimmt", schaltete sich nun auch der Kutscher ein.

„Was hat sie ihnen gegeben?" Emily tat der Förster leid.

„Habt ihr schon mal etwas von Kohletabletten gehört?" Anna zwinkerte.

„Oma nimm sie ab und zu. Ich kann mich gut erinnern, weil ich ihr einmal eine Tablette aus der Packung geben sollte. Sie färben die Finger sofort schwarz." Emily fügte hinzu: „Oma nimmt sie bei Blähungen." Paul und Frieda kicherten.

„Na die hatte ich aber nicht." Der Förster wurde rot.

„Ein typischer Fall von einem Kreislaufzusammenbruch. Das hättest auch ihr erkannt. Der Förster atmete ganz schwer und hatte ganz kalte Hände. Und dann der Schweiß auf der Stirn." Zum Förster gewandt sagte sie „Du warst kurz vorm Kreislaufkollaps." Anna sah den Förster mahnend an.

„Und wieso nimmt Oma die Kohletabletten dann bei Blähungen?"

„Die Holzkohle besteht aus verkohltem Holz. Sie entsteht ohne Sauerstoffzufuhr. Carbo vegetabilis, also die Holzkohle hat einen starken Bezug zur Luft, genauer gesagt zu dem Anteil Sauerstoff. Entweder ist viel zu wenig Sauerstoff vorhanden. Das kommt im Gewebe oder Blut vor, oder zu viel Luft. Das sind dann die Blähungen bei eurer Oma. Zu wenig Sauerstoff hingegen macht den Körper sehr schwach.

„Blähungen hatte ich aber auch nicht und alt finde ich mich ebenfalls nicht", nun meldete sich wieder der Förster zu Wort.

Anna lachte. „Nein natürlich nicht. Es müssen auch nicht immer alle bekannten Symptome einer Arznei vorhanden sein. Manchmal reichen schon wenige aus um das passende Mittel zu erkennen. Vielleicht hast du etwas gegessen, was dir den Magen verdorben hat und du dich übergeben musstest. Ich denke allerdings, du hast zu wenig getrunken und dich zu sehr angestrengt."

„Das ist ein gutes Stichwort. Essen." Der Kutscher ging zum Ofen und schob einen großen Topf auf die gewünschte Platte. „Ich fülle uns dann mal den Eintopf auf. Langsam bekomme ich Hunger. Und ihr habt bestimmt auch noch nichts gegessen?"

Das Essen war ein Genuss. Alois der Kutscher konnte nicht nur gut mit Pferden umgehen, sondern auch gut kochen. Alle aßen schweigend und genossen den herzhaften dampfenden Eintopf.

„Sag mal Anna", griff Paul die Unterhaltung wieder auf, „ich dachte, bei falschem Essen wird Nux vomica gegeben. Ich bin mir ziemlich sicher, dass ich das so aufgeschrieben habe."

„Da hast du Recht. Nux vomica wird bei Missbrauch von Nahrungsmitteln wie Fütterungsfehlern und Vergiftungen genutzt. Oder wie im Falle des Försters, wenn er etwas Falsches gegessen hat. Dagegen hat Carbo vegetabilis als Ursache die Kreislaufschwäche. Bei einem akuten

Schwächezustand bis zum Kreislaufkollaps mit Durchfall oder Blähungen kommt für mich sofort carbo vegetabilis infrage. Denkt nur einmal an einen übermäßigem Wurmbefall. Der Pferdekörper wird ungemein geschwächt. Auch Infekte können dem Körper und dem Kreislauf enorm zusetzen."

„Wenn der Kreislauf schwach wird, wie auch bei einer Magenverstimmung und man sich plötzlich schwach und erschöpft fühlt, dann denkst du an Carbo vegetabilis", wiederholte Paul. „Das kann man sich aber gut merken. Und noch besser, wenn man sich übergeben muss oder schlimmen Durchfall bekommt."

„Das brauchst du dir nicht so genau merken, von meinem Eintopf ist noch niemand umgekippt", sagte Alois zu Paul und zwinkerte Anna zu.

„Ein gutes Beispiel", lobte Anna. „Schwach, zittrig und erschöpft sind ebenfalls gute Anhaltspunkte. Häufig schwitzen die Tiere und sind durstig. Die Schleimhäute sind ganz blass."

„Dann ist Carbo vegetabilis ein Mittel für den Sommer, richtig?", fragte Emily

„Auch, aber nicht nur. Du denkst an die Kreislaufschwäche des Försters?"

Emily nickte.

„Hatte Dr. Huber Carbo vegetabilis nicht der Kuh von Lars gegeben? Du weißt doch noch. Letzten Winter, als sie sich festgelegen hat." Nun schaltete sich der Kutscher mit in das Gespräch.

„Was ist Festliegen?"

„Das ist ein Zustand, wenn eine Kuh nicht mehr allein aufstehen kann. Das kann aber auch einem Pferd in der Box passieren. Die Tiere strampeln und versuchen sich wieder aufzurichten. Das gelingt meist nicht. Schließlich geben sie kraftlos und ermattet auf. Gerade bei der Kuh mit ihrem Pansen kann das die Zirkulation des Blutes verhindern. Das ist gar nicht gut."

„Die Armen. Und dann?"

„Das kann schon mal passieren. Im Sommer auf der Alm ist dies nicht der Fall. Dort gibt es keine Ställe, sie sind den ganzen Tag draußen", sagte Anna an Emily gewandt „um deine Frage zu beantworten. Es ist also nicht nur ein Mittel des Sommers."

„Dann ist es aber ein Mittel für einen akuten Fall als Erstmaßnahme."

„Für die homöopathische Hausapotheke gebe ich dir recht. Wenn der Kreislauf zusammensackt, wie bei einem Kollaps nach einem Schock oder beim Hitzschlag", dabei sah sie den Förster an.

„Ich würde im Leben nicht an einen Zusammenhang zwischen Holzkohle und Kreislauf denken." Der Förster schüttelte den Kopf.

„Dieses typische Bild der Holzkohle: nicht vollständiges Verbrennen und mangelnde Versorgung mit Sauerstoff", antwortete Anna. „Ich denke besonders an die alten Tiere. Der Blutkreislauf funktioniert nicht mehr reibungslos, weniger Sauerstofftransport, alte Organe und vielleicht ein langes Krankheitsbild. Man sagt auch: nie wieder richtig gesund geworden. Kurz zusammengefasst, wenn die Lebenskraft geschwächt ist."

„Ein tolles Mittel. Das sollte ich im Kopf behalten, wenn meine beiden älter werden." Der Kutscher deutete mit einer Kopfbewegung Richtung Stall und schaute aus dem Fenster. „Ich glaube es wird besser."

Er begutachtete den Himmel durch die Scheibe. „Nach dem Essen könnt ihr weiter. Natürlich könnt ihr bleiben, so lang ihr wollt. Aber wer weiß, wie lang sich das Wetter hält und das Unwetter nicht zu uns zurückkehrt."

Badeausflug zum See & der Honighof – Apis

Frieda genoss das Bad in der Sonne. Ihr Bikini begann zu trocknen. Sie strich mit den Zehenspitzen über das kurze Gras auf der Alm und genoss die Wärme. In Annas Welt gab es nicht nur die Berge mit einem atemberaubenden Panorama und seinen Naturschätzen, sondern auch glasklare Seen. Anna hörte bei ihren gemeinsamen Wanderungen heraus, dass Frieda das Meer und das Baden sehr vermisste.

„Mit den Weiten des Meeres kann ich leider nicht dienen. Dafür haben wir hier in den Bergen wunderschöne Seen. Morgen wird das Wetter wieder schön", hatte Anna gesagt. „Ich werde euch ein Stück fahren, dann habt ihr noch einen kurzen Weg bis zum Ziel. Mats wird euch begleiten."

Mats war der jüngere Bruder von Laura und in Pauls Alter. Die Idee eines Badeausflugs war eine willkommene Abwechslung. Bis auf den gestrigen Tag hatte sich das Wetter von seiner schönsten Seite gezeigt. Eine Begleitung konnte nicht schaden. Die Bergseen waren in der Regel tiefe Gewässer und Mats kannte die einsame Badestelle recht gut. „Wenn man sich an das kalte Wasser gewöhnt hat, bringt es richtig Spaß zu baden." Paul kam erneut aus dem See und ließ sich auf die Decke fallen.

„Grandios oder?" Mats schien sichtlich begeistert, dass es den dreien hier so gut gefiel. Er hatte sie durch ein kleines Waldstück geführt. Der Weg war feucht und matschig gewesen. Dafür führte eine schmale Stiege in der Klamm an einem kleinen Wasserfall vorbei. Der Weg verbreiterte sich und führte auf eine grüne Weide an deren Ende sie bereits den Bergsee erblickten. „Hier oben über dem Meeresspiegel ist der Ausblick beim Baden besonders schön." Auch Mats konnte sich jedes Mal über diesen Genuss freuen.

„Kannst du auf die Uhr schauen Emily? Wie spät ist es eigentlich?"

„16 Uhr", antwortete sie zwischen zwei Zügen Limo und zwinkerte Paul zu.

„Was?" Frieda schoss hoch. „Ich wollte doch auch nochmal baden." Sie rieb sich die Augen und war hochgesprungen.

„Ich komme mit." Emily sprang auch begeistert auf. „Wer zuerst ganz drinnen ist." Frieda lief schon über das Gras und tastete sich vorsichtig auf den Steinen ins seichte Wasser. Es war so klar, dass es ein bischen unwirklich wirkte. Nach 10 Metern fiel es aber schnell ab und der See zeigte seine tiefdunkle Farbe.

Die Oberfläche war spiegelglatt.

„Wie ein privater Badesee. Ich könnte jeden Tag hierherkommen." Frieda trieb auf dem Rücken und genoss die Sonne. Mats, Emily und Paul schwammen ein Stück hinaus.

„Wie es wohl unter uns aussieht?" Emily war es unheimlich. Aber ganz lassen konnte sie es nicht. Zu reizvoll war die Erfrischung.

„Wenn wir noch ein Stück weiter schwimmen, kannst du mit den Fußspitzen den Kirchturm ertasten. Das war hier mal ein Tal", Mats zwinkerte Paul zu.

„Ich schwimme zurück." Emily machte Anstalten umzudrehen.

„Das war doch nur Spaß", grinste Mats. „Es gibt tatsächlich Täler, die geflutet wurden. Das war aber nicht hier."

Emily schnitt eine Grimasse.

Eine Stunde später saßen sie bereits in Annas Geländewagen. Sie hatte den Feldweg des Försters genommen, Mats unterwegs abgesetzt und fuhren nun Richtung Honighof.

„Wollen wir ein wenig Honig kaufen? Unsere Vorräte schwinden langsam." Sie grinste und schaute Paul im Rückspiegel an. „Britta und Robert betreiben eine kleine Imkerei. Das wird euch gefallen."

Wenig später hatten sie den Hof erreicht. Von weitem konnte man einen Imker in seinem weißen Anzug erkennen. Offensichtlich versuchte er die Bienen mit Rauch zu beruhigen.

„So schon da. Anna bremste und schwang sich aus dem Auto. Britta kam ihnen bereits entgegen. „Wie schön, dass ihr gemeinsam vorbeikommt." Britta begrüßte die vier herzlich und umarmte dann Anna.

„Na dann kommt mal mit. Ist einer von euch allergisch?"

Alle verneinten. Sie liefen durch ein kleines Gartentor über eine Wiese.

„Wow, was für eine schöne Blumenwiese", staunte Emily.

„Nicht wahr? Ich liebe Blumen und die Bienen lieben sie auch sehr. Das war der Grund, warum wir uns für eine

Wildblumenwiese entschieden haben. Praktisch ist damit der Tisch für die Bienen gedeckt."

Hier stand in der Tat alles, was das Bienenherz begehrte. Kornblumen, Mohn, Ringelblumen, Kapuzinerkresse, Sonnenhut und viele mehr. Am Ende der Wiese, nahe der Obstbäume und dem beginnenden Wald standen drei Bienenstöcke. Robert nickte ihnen zu und begutachtete einen Rahmen nach dem anderen. Die Bienen schwirrten um ihn herum und schienen wenig begeistert, dass er ihnen den Honig stibitzen wollte. Mit ruhigen Bewegungen nahm Robert die Waben aus den Halterungen und strich vorsichtig die verbliebenen Bienen ab. Britta, Anna und die Kinder beobachteten sein Tun in ausreichendem Abstand.

„Durch den Rauch sind die Bienen abgelenkt. Sie bringen den Honig in Sicherheit und kümmern sich nicht so sehr um das Stechen." Britta zeigte auf einen Rahmen, den Robert inspizierte. „Noch scheint er nicht ganz zufrieden. Er wird in einer Woche noch einmal nachschauen. Dann wird Robert die Wachsschicht von den Rahmen entfernen und den Honig schleudern. Honig von der Apfelblüte haben wir noch vorrätig, Anna. Ich packe dir einige Gläser ein." Britta schaute die Kinder an. „Dann lasst uns in den Garten gehen. Ich habe Kuchen gebacken."

Wenig später saßen sie unter Obstbäumen auf schmiedeeisernen Klappstühlen mit bunten Kissen und genossen den besten Kakao, den sie je getrunken hatten und den herrlichen Kuchen.

„Dein Schlagobers ist einfach köstlich." Anna schaute ihr Stück Apfeltorte verzückt an.

„Vielen Dank. Ohne Bestäubung der Blüten gäbe es keine Äpfel. Auch das haben wir den Bienen zu verdanken. Hast du deinen Gästen bereits von Apis erzählt?" Britta schaute Anna aufmunternd an.

„Ich könnte mir keinen schöneren Ort für dieses Thema vorstellen," stimmte Anna zu und nippte an ihrem Kaffee. „Die Arbeitsbiene wird in der Homöopathie als Apis mellifica bezeichnet. An was denkt ihr zuerst, wenn ihr das Wort Bienen hört?"

„An einen Stich. Er tut höllisch weh und brennt auf der Haut", meldete sich Paul sofort.

„Und warum?"

„Wenn es eine Biene war, hat sie mit ihrem Stachel ihr Gift unter die Haut gespritzt. "

„Das stimmt. Es ist nicht lebensgefährlich, kann es aber für Allergiker werden. Unangenehm ist, dass der Schmerz lang anhält. Er wird immer als brennend und schneidend beschrieben." Anna machte eine kleine Pause. Mats Hirtenhund Bobby hat dieses Mittel bekommen."

„Ist das der wuschelige Hund vom Hof?", wollte Paul wissen.

Anna nickte. „Der arme Kerl hat so gejault. Aber versuche mal einem Hund beizubringen, nicht nach Bienen oder Wespen zu schnappen. Gott sei Dank hat sie ihn nur an der Lefze erwischt, sonst wären wir natürlich zum Tierarzt gefahren."

„Autsch, das muss richtig weh getan haben", meldete sich Paul.

„Kannst du dich an das Erdloch mit Wespen an den Pferdekoppeln erinnern?", fragte Emily. „Immer wenn wir halfen die Pferde von der Weide zu holen, sind die Biester wohl durch das Trappeln aufgewühlt worden und haben uns verfolgt. Einmal hat es einen Wallach ganz böse erwischt. Der Arme hatte die ganze Kruppe zerstochen und der Tierarzt meinte dann, das wäre eine ganz schön fiese Urticaria."

Paul und Frieda schauten sich an.

„Nesselsucht. Ich kenne auch einige Fremdworte." Emily lachte.

„Homöopathische Mittel werden aus Pflanzen und Mineralien hergestellt. Aber auch aus tierischen Produkten, wie zum Beispiel aus der Arbeitsbiene mit ihrem Gift. In diesem Gift sind kleine Mengen Histamin, Dopamin, Noradrenalin und noch weitere Bestandteile enthalten. Bei einem Stich reagiert die Haut, wird rot und schwillt an. Meist ist der Einstich sehr schmerzhaft, zumindest aber unangenehm und bei Stichen von anderen Insekten kommt häufig noch der Juckreiz hinzu." Anna schnitt eine Grimasse.

„Bremsen und Mücken stechen auch", sagte Paul.

„Richtig. Es gibt fünf Entzündungszeichen und drei davon treffen auf so einen Stich zu. Das wären der Schmerz, die Schwellung und die Rötung. Apis ist ein sehr schnell wirkendes Mittel für den akuten Fall. Wir können uns als Menschen beherrschen, aber Tiere werden oft unruhig und sind berührungsempfindlich und können heftig reagieren. Also aufgepasst, dass das Pferd bei einem Stich nicht versehentlich nach euch tritt oder der Hund euch beißt." Zu Britta gewandt ergänzte Anna „Denk bitte daran, dass Dr.

Huber es nicht unter der D12 verabreicht. Sonst könnte es bei deinen Ziegen zum Abort kommen."

„Ziegen? Oh wie süß."

„Abort? Was ist das?"

„Das ist eine Fehlgeburt."

„Ich denke, die homöopathischen Mittel sind so harmlos?" Emily schaute Anna fragend an.

„Das sind sie auch. Bei richtiger Anwendung. Auskennen sollte man sich schon damit. Genau aus diesem Grund schreibt Laura alles penibel auf, damit sie weiß, welches Mittel die Tiere in welcher Potenz bekommen haben."

„Das ist aber kompliziert," warf Paul ein.

„Der Tierarzt schreibt doch auch auf, welche Medikamente die Tiere bekommen," erwiderte Emily.

„Dann ist Apis ein Mittel, dass man bei Stichen verwendet, ist das richtig?", lenkte Frieda in das Gespräch ein.

„Auch. Denkt nur an einen Sonnenstich, wenn die Berührung schmerzt und Wärme unerträglich ist."

„Das kenne ich auch", Frieda zog eine Grimasse. „Ich habe mich mal ganz stark verbrannt, als ich am Strand eingeschlafen bin. Unsere Mutter hat mir dann kalte Umschläge zur Linderung gemacht."

Anna nickte. „Oder bei einer Augenschwellung. Apis ist auch das passende Mittel bei einer Nabelentzündung eines Kälbchens oder eines Fohlens. Oder auch einer Euterentzündung bei einer Kuh oder einer Stute. Hier ist die Haut ebenfalls schmerzempfindlich, gerötet und geschwollen. Damit soll es erstmal genug sein. Wir wollen doch noch Brittas neues Sortiment im Hofladen anschauen."

Gemeinsam verließen sie den Garten und gingen in das Bauernhaus. Hier war es angenehm kühl. Kaum hatten sie die Tenne betreten, sahen sie auf der rechten Seite großzügige Fenster mit Glasornamenten.

„Das sind doch Blumen und Bienen?", Paul sah Britta fragend an.

„Das habe ich mir ausgedacht. Weil es so schön passt. Mein Wunsch hat den Glaser fast wahnsinnig gemacht." Britta lächelte. „Nur fast. Jetzt ist er auch mächtig stolz auf sein Werk."

Sie konnten sich gar nicht sattsehen. Der kleine Laden war in einem zarten Grün gestrichen. Auf den weißen Regalen im Landhausstil befand sich ein überwältigendes Angebot von Produkten aus der Imkerei, eingelegtes Obst aus dem Garten und Marmeladen. Besonders die Seifen und Cremes mit dem Bienenwachs hatten es Emily angetan. Schließlich verließen Anna und die Kinder den Hof mit jeder Menge Honig, einem Becher mit Bienen- und Blumenmotiven für ihre Mutter, Honigseife und Nisthülsen, die Paul daheim im Garten aufhängen wollte. Britta und Robert verabschiedeten sich herzlich von den vieren und winkten, bis Annas Geländewagen hinter einer Kurve verschwand und nicht mehr zu sehen war.

Tante Klara zu Besuch – Hypericum

In der zweiten Woche stand sie unerwartet vor der Tür. Tante Klara. Wie immer schick gekleidet, hatte sie ein türkisfarbenes Leinenkleid an. Die Haare waren zu einer kunstvollen Frisur hochgesteckt und die sündhaft teure Sonnenbrille trug sie lässig auf dem Kopf.

„Das ist aber eine Überraschung." Anna kam ihr an der Tür entgegen und umarmte sie. Klara schaute ihre Freundin etwas verwirrt an. Anna trug wie üblich ihr langes Schlabber-Shirt zum Frühstück. Die Mädchen und Paul hatten sich schnell angepasst. Auch sie saßen mit ihren Schlafanzügen am Tisch und ließen sich die Brötchen mit Honig schmecken.

„Komm doch erstmal rein. Darf ich dir einen Kaffee einschenken?" Anna buxierte Ihre Freundin zu einem Stuhl und machte mit einer Kopfbewegung deutlich, dass die Mädchen und Paul gern aufstehen durften.

„So eine anstrengende Woche", begann Tante Klara. „Ich weiß gar nicht, wo mir der Kopf steht. Ich brauche eine geduldige Zuhörerin."

Gut, dass sie sich diesen Monolog nicht anhören mussten. Emily und Frieda gingen ins Zimmer und tauschten die Nachthemden schnell gegen ihre Sommerkleider. Paul verschwand im Bad zum Zähneputzen.

„Gibt es nicht auch ein Mittel für Tante Klara? Ich bin so froh, dass wir hier bei Anna die Ferien verbringen dürfen." Emily und Frida hatten es sich zwischenzeitlich im Garten auf einer Decke bequem gemacht. Weit genug von

Haus entfernt, jedoch dicht genug, um das Stimmenge-
murmel noch zu hören. Paul kam mit drei Eistüten aus
dem Haus.

„Ich habe euch was mitgebracht." Er reichte Frieda und
Emily ein Eis. Manchmal konnten jüngere Brüder wirklich
entzückend sein.

„Kommt, wir gehen zu Annas Kräutergarten, da sind
wir ungestört. Nicht, dass Tante Klara auf die Idee kommt
uns mitzunehmen."

„I wo", wehrte Paul ab. „Sie muss auch die nächste Woche noch viel arbeiten. Mir gefällt es hier sehr gut und
außerdem gibt's noch einen Grillabend. Den möchte ich
auf keinen Fall verpassen."

Emily und Frieda grinsten ihren Bruder an. Der ge-
plante Urlaub mit den Eltern war schon so weit in die
Ferne gerückt, dass sie fast ein schlechtes Gewissen bekamen. Nachdem sie das Eis gegessen hatten, zupften sie
gemeinsam im Blumengarten Unkraut und genossen den
Duft der Pflanzen. Anna hatte ihre Beete mit kleinen
Buxbaumpflänzchen eingerahmt und mit Blumen, Kräuter
und Gemüse bepflanzt.

„Das habe ich mal in einem Schlossgarten gesehen und
fand es wunderschön. Außerdem kann ich so prüfen,
welche Pflanzen am besten harmonieren und zusammen-
passen", hatte sie gesagt.

„Ich, glaub ich blute", irritiert schaute Paul auf seine
Finger. Sie waren an den Fingerkuppen ganz rot.

„Was hast du gemacht?" Frieda schaute Paul böse an.
„Gar nichts. Ich habe auch nur Unkraut gezupft." Er deutete auf die leuchtend gelben Blüten.

„Oh nein, die doch nicht." Emily schüttelte den Kopf. „Das ist doch kein Unkraut. Komm mit, wir waschen dir erstmal die Hände. Und die Pflanze lässt du schön stehen. Das sind Annas Blumen für ihre Salben."

Derweil goss sich Klara den zweiten Kaffee ein. „Ich bin so froh, dass du die Kinder in den Ferien bei dir unterbringen konntest", sagte Klara und trank einen Schluck. Wie gefällt es ihnen denn so?"

„Ich denke ganz gut." Anna überlegte. „Wir hatten bisher viel Spaß. Sie sind gern in der Natur, genau wie ich. Sie langweilen sich nicht."

„Das höre ich gern und beruhigt mich. Was ist mit den Handys? Du erzähltest am Telefon, dass sie ganz unruhig waren, weil es hier keinen guten Empfang gibt."

„Die werden für Fotos genutzt." Anna lächelte. „Du kannst auch gern bleiben. Ein paar Tage ohne Handy und Laptop würden dir auch guttun. Danach bist du wieder fit für deinen nächsten Auftrag. Morgen nehme ich die Mädchen mit zur Schule. Paul wollte zum Stall. Du hättest also einen ganzen Tag für dich."

„Das hört sich verlockend an. Zwei Tage Pause klingen gut. Ich denke, so wird's gemacht." Klara prostete Anna mit ihrer Kaffeetasse zu und freute sich auf ihre kleine Auszeit.

Annas Schule – Rhus toxicodendron

Darauf hatten sich Frieda und Emily schon die ganze Woche gefreut. Anna hielt einen Vortrag in der Heilpraktiker-Schule und sie durften mit! Was für eine schöne Abwechslung zu den Wanderungen. Anna sollte eine Kollegin, die Tierheilpraktiker ausbildete, in der Schule vertreten. Sie hatte die Mädchen eingeladen, sie zu begleiten. Es wird anstrengend hatte sie prophezeit. Doch die Neugier siegte. Wie würde Annas Unterricht aussehen? Und wie ihre Schülerinnen? Frieda und Emily konnten den Morgen gar nicht erwarten. Das wäre ihnen an ihrem Schultag nie passiert. Während Klara und Paul noch schliefen, machten sich die drei auf den Weg. Die Schule befand sich am Ende des Dorfes. Das Gebäude wirkte riesig. Die Backsteinfassade mit den schwarzen Fensterrahmen sah sehr modern aus. Emily zählte an der Hausfront zehn große Fenster. Es bestand aus nur einer Etage. Das Flachdach aus massivem Holz fiel zur gegenüberliegenden Seite schräg ab. Damit der Schnee im Winter besser rutschen kann, hatte ihnen Anna erklärt. Sie schritten durch die große Eingangstür und kamen in eine Art Vorhalle. Links und rechts befanden sich Flure, die zu den Unterrichtsräumen führten. Anna nahm sich am Empfang noch ein paar Unterlagen und lief in den linken Flur bis zur dritten Tür.

„Auf der linken Seite befinden sich kleinere Räume, die technisch voll ausgerüstet sind und tage- oder wochenweise vermietet werden. Auf der rechten Seite befinden sich die großen Schulungsräume. Die bodentiefen Fenster bieten einen schönen Ausblick auf die Berge. Obwohl meine Schüler während des Unterrichtes nicht nur hinausschauen sollen", fügte Anna zwinkernd hinzu. Der helle Holzboden verströmte einen angenehmen Duft. Die Einrichtung bestand aus weißen Stühlen und wirkte mit den grauen Schreibtischen sehr elegant.

„Sucht euch den besten Platz aus. Eine feste Sitzordnung gibt es hier nicht." Anna deutete auf die erste Reihe.

Langsam füllte sich der Raum mit den erwachsenen Schülern. Man hörte leise Gespräche und das Rascheln der Hefte und Notizblöcke, fast wie im eigenen Unterricht daheim.

„Einen schönen guten Morgen wünsche ich euch." Anna strahlte die Teilnehmer an. „Schön, dass ihr gekommen seid."

Augenblicklich wurde es still im Raum.

Frieda und Emily waren mucksmäuschenstill.

„Heute möchte ich euch die Mittel Ruta und Rhus toxicodendron vorstellen." Sie wehrte leicht ab, obwohl noch gar keine Frage gestellt wurde. „Ich bin mir bewusst, dass ihr zum letzten Vortrag sicher Fragen habt. Aber die würde ich gern hintenanstellen und erst einmal mit den Neuigkeiten beginnen."

Wieder war eifriges Rascheln der Skripte zu hören.

„Wie immer gibt es hierzu," Anna deutete auf die erste PowerPoint-Seite an der Wand, „genügend Unterlagen. Ich möchte aber, dass ihr mir erst einmal zuhört und euch ein eigenes Bild der Mittel macht. Notiert euch Fragen oder schreibt auch gern mit. Ihr erhaltet wie immer nach diesem heutigen Seminar eine Mail mit dieser Präsentation. Wer mag, kann sie sich dann selbst ausdrucken."

Der Unterricht begann.

„Viele Mittel in der Homöopathie haben einen Schwerpunkt, also wirken auf einem Gebiet besonders gut. Arnica zum Beispiel bei stumpfen Verletzungen. Was bedeutet stumpf?" Anna schaute in die Runde.

„Ohne blutende Wunde" War es aus den Reihen zu hören.

„Richtig. Zusätzlich verfügen viele Mittel um ein weiteres umfangreiches Wirkspektrum. Kann mir jemand sagen wie diese Mittel genannt werden?"

„Polychreste"

„Sehr gut. Polychreste sind Mittel, die wir bei vielen Erkrankungen anwenden können. So auch bei Rhus toxicodendron. Der Schwerpunkt bei diesem Mittel liegt bei Erkrankungen des Bewegungsapparates. Aber auch bei Hauterkrankungen mit Bläschen und Quaddeln." Anna wechselte per Knopfdruck auf die zweite Seite. Als Überschrift stand dort „Rhus toxikodendron, der Giftsumach". Darunter war ein Foto eines unscheinbaren Strauches mit Laubblättern. „Der Giftsumach ist in Amerika heimisch. Genauer gesagt in Nordamerika. Von seinem harmlosen Aussehen darf man sich nicht täuschen lassen. Sein Milchsaft ist giftig und kann eine Allergie auslösen. Auffällig ist, dass sich beim Abknicken eines Stängels der weiße Milchsaft schwarz färbt. Aber Vorsicht! Die Pflanze kann einen Ausschlag auf der Haut verursachen. Oft reicht bereits eine leichte Berührung aus."

„Bin ich froh, dass er nicht hier wächst", flüsterte Emily Frieda zu.

„Gut erkennen kann man den Giftsumach an den drei gegenüberstehenden Blättern", fuhr Anna fort. „Im Sommer ist er zusätzlich an den weißen Blütenrispen zu erkennen. Im Herbst trägt er weiße runde Früchte und ist an dem roten Laub zu erkennen. Der Milchsaft enthält den Wirkstoff Urushiol. Dieser ist bei Hautkontakt für die Ausschläge verantwortlich." Anna zeigte in der Präsentation Fotos von Pferden, die einen Hautausschlag mit vielen kleinen Quaddeln hatten. Die folgenden Folien zeigten Ausschläge an den Bäuchen verschiedener Hunderassen.

„Es verwundert nicht, dass Rhus tox. als homöopathisches Mittel bei Hautausschlägen zum Einsatz kommt. Ganz im Sinne des Ähnlichkeitsprinzips. Was war das noch?" Anna schaute fragend in die Runde.

„Symptome einer Erkrankung bei einem gesunden Menschen ähneln den Symptomen, die wir bei einem Erkrankten erkennen."

„Prima. Hier wären die Viren – Herpes zoster – der mit juckenden und brennenden Bläschen einherkommt. Ganz so, als hätten wir den Giftumach oder eine andere giftige Pflanze mit der Haut berührt. Oder die Urtikaria, die Nesselsucht, die in diesem Fall gern durch Kälte und Nässe entsteht." Anna machte eine kurze Pause und zeigte nun eine Seite mit der Überschrift „Bewegungsapparat".

„Die häufigste Anwendung findet Rhus tox. jedoch bei Beschwerden an Muskeln, Bänder und Sehnen. Wie auch Arnica wären hier Verstauchung, Verrenkung und Zerrung zu nennen. Allerdings gibt es einen entscheidenden

Unterschied. Arnica-Patienten mögen sich gar nicht mehr bewegen und fühlen sich zerschlagen. Rhus tox-Patienten dagegen genießen leichte Bewegung, nachdem sie sich erstmal eingelaufen haben. In Ruhe schmerzen die Muskeln hingegen. Das ist ein sehr auffälliges Symptom. Kälte, Nässe, Zugluft und feucht-kaltes Wetter wie im Herbst werden nicht gut vertragen. Wärme hingegen lindern ebenfalls die Schmerzen."

„Das erinnert mich an die Arthrose meines Wallachs," meldete sich eine Schülerin.

„Ein gutes Beispiel," lobte Anna. „Ein ganz besonderes Merkmal bei Beschwerden der Bewegung ist das typische Bild einer Arthrose. Zum Anfang fühlt man sich steif und kommt nicht richtig in Schwung. Bewegt man sich dann mäßig, wird es immer besser und die Bewegungen werden geschmeidiger. Allerdings verschlechtert sich die Beweglichkeit bei zu langer Belastung der Gelenke und der Gang wird wieder steifer. Das könnt Ihr gut bei Pferden beobachten. Besonders bei Spat und Schale, wo es zu Zubildungen der Knochen kommt und die Beweglichkeit nachlässt, kann man dies gut erkennen. Also erst staksig, dann besser und dann wieder staksig. Ihr könnt zusätzlich an Rhus tox. denken, wenn Pferde immer mal wieder aus unklarer Ursache zu Lahmheiten neigen."

Anna schaute in die Runde. „Gut, dann werden wir erstmal eine Pause machen."

Allgemeines Aufatmen. Auch Frieda und Emily nahmen den Vorschlag gern an.

„Puh, das ist ja wie in der Schule. So viele Fremdworte, und mir schwirrt jetzt schon der Kopf." Frieda griff sich theatralisch in die Locken.

„Das kann ich mir gut vorstellen. Meinen Schülern geht es genauso, wie euch in eurer Schule. Vieles ist neu. Dinge, von denen man noch nichts gehört hat. Aber das gibt sich." Anna hatte sich zu ihnen gesellt. „Am Anfang klingt alles verworren. Später fügt sich das Bild zusammen. Habt ein bisschen Geduld."

Die Weinraute - Ruta

Der zweite Teil des Unterrichts begann. Viel zu schnell war die Pause vorüber. So viel Neues hatten sie bisher gehört und der Tag war noch nicht vorbei.

„Im ersten Teil hatten wir uns mit dem Giftsumach Rhus toxicodendron beschäftigt. Jetzt möchte ich euch die Weinraute vorstellen. Das homöopathische Mittel heißt Ruta graveolens."

Anna öffnete die erste Seite der Präsentation. Ein Strauch mit gelben Blüten füllte die Wand nun aus.

„Hier seht ihr die Weinraute. Diesen schönen Strauch mit seinen grün-grauen Blättern und den gelben Blüten findet ihr auch in Bauerngärten. Da er nur ungefähr 80 cm hoch wird, ist er auch als Zierpflanze sehr beliebt. Aber leider hat auch dieser Strauch eure Vorsicht verdient. Die Blätter enthalten Öldrüsen. Kommen diese mit der Haut in Berührung, kann es zu Hautirritationen führen. Deshalb solltet ihr bei der Gartenarbeit an dieser Pflanze immer Handschuhe anziehen."

Frieda verzog das Gesicht und flüsterte Emily zu „Schon wieder eine giftige Pflanze. Nur dass sie diesmal auch hier wächst."

„Auf der nächsten Seite seht ihr die Blüten noch einmal im Großformat." Anna wechselte zum nächsten Foto.

„Die Blätter ähneln kleinen Spateln. Warum ist das wichtig? Um sie nicht mit anderen Gewürzpflanzen zu verwechseln. Die Blütenblätter besitzen nur vier Blätter und sehen immer leicht zerzaust aus. So ähnlich, wie bei Arnica."

Emily und Frieda nickten sich zu. Die kannten sie bereits.

„Im Mittelalter wurde die Weinraute, obwohl sie selbst giftig war, gern als Gegenmittel bei Vergiftungen jeglicher Art eingesetzt. Heute kommt sie nur noch als homöopathisches Mittel in den Gebrauch. Ihr müsst auch unbedingt darauf achten, Ruta nicht in der Trächtigkeit einzusetzen. Ist das Tier tragend, solltet ihr euch für ein anderes Mittel entscheiden."

Anna machte erneut eine kurze Pause, damit sich alle Notizen machen konnten.

„Die Weinraute kommt aus Mitteleuropa und liebt die Wärme. Kälte und Feuchtigkeit sind ihr unangenehm. Das zeigt sich dann auch in den Modalitäten."

Anna schaute in die Runde. „Was waren gleich noch einmal Modalitäten?"

„Das sind Einflüsse, die ein Befinden verschlechtern oder verbessern", meldete sich eine Schülerin.

„Richtig. Hierzu gehören unter anderem die Verbesserung oder auch Verschlechterung zu bestimmten Uhrzeiten oder bei Tätigkeiten wie Fressen, Tränken, Bewegung und so weiter. Auch thermische Veränderungen gehören hierzu." Anna wartete einen Moment, bevor sie fortfuhr. „Wie Wetterwechsel, Hitze, Wärme oder Kälte. Damit kommen wir auch schon zum homöopathischen Mittel Ruta. In der Literatur zur Ruta werdet ihr immer wieder auf die Behandlung der Gliedmaßen stoßen. Gerade an den Beinen befinden sich die Knochen dicht unter der

Haut. Ruta wird gern bei Verletzungen der Knochenhaut, dem Periost eingesetzt. Wenn dieses dünne Häutchen, die den Knochen überziehen, verletzt ist, ist dies überaus schmerzhaft. Lahmheiten bleiben meist nicht aus. Den Patienten, die nach Ruta verlangen, sind Kälte und Feuchtigkeit zuwider. In der Homöopathie hat Ruta einen starken Bezug zur Knochenhaut, dem Periost und den Knochen. Aber nicht nur hier wird das Verletzungsmittel eingesetzt, auch bei Erkrankungen der Muskeln und Gelenke. Bei Verletzungen kann es auch durchaus zu Entzündungen kommen. Hier sei die Schleimbeutelentzündung genannt."

Anna sah zu Frieda und Emily hinüber. Sie lächelte die fragenden Gesichter an. An ihre Schüler gewandt fragte sie: „Wie kann eine Knochenhaut ohne blutende Wunde verletzt werden?"

„Durch die eigenen Hufeisen auf einem kleinen Zirkel?"

„Auf der Weide beim Tritt gegen das Bein!"

Anna nickte. „Ihr kennt dieses Gefühl, wenn ihr euch die Schienbeine gestoßen habt. Dann ist diese Stelle sehr schmerzempfindlich."

Die Schüler nickten.

„Damit würde ich den Unterricht zur Ruta gern abschließen und eure Fragen beantworten", schloss Anna ihren Vortrag. Die Schüler hatten Fragen und zwar jede Menge. Geduldig beantwortete Anna jedes Anliegen. Einige Schüler verließen den Unterrichtsraum und Anna nickte Frieda und Emily zu, es ihnen gleichzutun.

Die beiden saßen im Vorgarten der Schule auf einer Bank und genossen die Abendsonne, als Anna später zu ihnen stieß.

„Das war sehr interessant, aber ehrlich, jeden Tag würde ich dich nicht begleiten wollen. Ich meine in meinen Ferien", ergänzte Emily.

„Ich bin stolz auf euch, dass ihr so lange ausgehalten habt. Es ist wirklich anstrengend, wenn alle Informationen neu sind. Dann lasst uns mal nach Hause fahren. Klara hat uns sicher etwas nettes gekocht." Zufrieden fuhren sie zu Annas Hütte, die sich bereits fast wie ihr Zuhause anfühlte.

Paul und das Johanniskraut - Hypericum

Gestern war ein außergewöhnlich schöner Tag. Paul hatte mit Mats einen Tag auf dem Hof verbracht, während seine Schwestern Anna einen ganzen Tag in ihre Schule begleiteten. Paul hatte derweil mit Mats die Ziegen gefüttert und die Eier der Hühner eingesammelt. Später waren sie mit den Ponys zur nahegelegenen Weide geritten und hatten bei den Kühen und den Kälbern nach dem rechten gesehen. Mats hatte das liebste Pony für Paul ausgesucht. Im Schritt und am langen Zügel waren sie sich wie echte Cowboys vorgekommen. Abends waren alle müde in die Betten gefallen. Langsam begann nun ein neuer Tag. Es dämmerte leicht. Noch war es ganz still. Emily schlug die Augen auf. Ein kleines bisschen konnten sie bereits die Umrisse der Landschaft erkennen. Dies waren eine der schönsten Momente. Der Tag erwachte langsam und alle schliefen noch friedlich. Es fühlte sich wie ein Neubeginn an. Emily schlüpfte vorsichtig aus ihrem Bett um Frieda nicht zu wecken. Aber diese schlief noch glückselig, fest in ihre Decke geschlungen. Wie schön dieses Haus aussah. So unheimlich gemütlich am Morgen und beschützend und kuschelig am Abend. Mit nackten Füßen schlich sie zur Tür und drückte die Klinke ganz langsam. Sie ließ sich lautlos öffnen. Vom Flur aus sah Emily einen kleinen Lichtschein. War Paul bereits auf? Sie war neugierig und öffnete sacht die Tür. Emily lugte durch den Türspalt ins Zimmer.

„Guten Morgen Bruderherz", flüsterte sie. „Bist du schon wach?"

Paul drehte sich kurz um.

„Hm."

Emily kam näher. Paul saß an seinem kleinen Schreibtisch, der eher an ein Pult aus vergangener Zeit erinnerte. Sie schaute über seine Schultern und sah, dass Paul eifrig schieb.

„Was machst du da? Hast du dir Schulbücher von zu Haus mitgebracht? Ich habe bisher gar keine in deinem Zimmer gesehen."

Paul setzte einen Punkt, strich das Band in die Buchfalte und schloss das Heft.

„Das sind keine Bücher aus der Schule", erklärte er und machte eine kurze Pause. „Anna hat mir ein Notizbuch für meine Aufzeichnungen geschenkt."

Emily schaute ihren Bruder fragend an.

„Das nennt sich Journal und hat leere Seiten, die du nach deinen Wünschen und mit deinen Gedanken füllen kannst", erklärte er. „Weißt du Emily, irgendwie finde ich es hier doch ganz schön. Mit Anna wird es nie langweilig und wir haben jede Menge Spaß."

Emily nickte zustimmend. „Ich hätte nie gedacht, dass es in den Bergen so viele Interessantes gibt."

Paul strich sich durch die Haare. „Einen solchen Unterricht wünsche ich mir in der Schule. Dann hätte ich auch bessere Noten." Er zwinkerte Emily zu. „Ich schreibe mir unsere Erlebnisse ganz genau auf. Bestimmt müssen wir wieder einen Aufsatz über die Ferien schreiben. Ha, da werden aber alle staunen. Ganz besonders Frau Walter. Bisher hielt sich mich ja für äußerst untalentiert."

Emily sah ihn erstaunt an. „Das hat sie dir ins Gesicht gesagt?"

„Nein nicht direkt. Aber ich konnte es genau erkennen. Ihr Gesichtsausdruck spricht Bände, wenn sie meine Arbeiten in der Hand hält."

Sie schwiegen eine Weile.

„Darf ich mal einen Blick in dein kostbares Buch werfen?"

„Na klar." Paul reicht ihr sein Heft.

Während Emily zum Anfang blätterte fragte sie „warum schreibst du es denn nicht zu Hause auf? Dann kannst du alles gleich im Computer korrigieren und richten?"

Paul sah sie erstaunt an „Bis dahin habe ich zu viel vergessen. Da bin ich mir sehr sicher." Paul nickte bekräftigend. „Und es bringt mir Spaß. Weißt du, meine liebe Schwester, viele große Denker und Dichter schrieben mit der Hand", verkündete Paul stolz.

„Du Naseweis, ja damals gabs auch noch keine Computer." Emily lachte. Sie suchte sich ein Kapitel im Buch aus. „Sieh einmal einer an, das Johanniskraut. Das scheint dich mächtig geärgert zu haben, dass du rote Finger bekommen hast." Emily las einige Zeilen. „Ich habe mich eher gefragt, was man mit einer Blume macht, die rot färbt. Anna wird die Blütenblätter wohl kaum zur Herstellung von Gesichtscreme verwenden."

„Das wäre das passende Make Up für Tante Klara." Frieda war aufgewacht und schlurfte ins Zimmer. Es war ganz still im Haus und es roch noch nicht nach Kaffee.

Dann konnte Emily nur bei Paul im Zimmer sein. Frieda stellte sich hinter ihre Schwester und schaute auf das aufgeschlagene Buch. Gemeinsam sahen sie sich Pauls Aufzeichnungen an.

„Johanniskraut – Hypericum perforatum" war die Überschrift. Darunter beschrieb Paul die Pflanze.

„Das Johanniskraut wird auch Rotkraut oder Johannisblut genannt. Die krautige Pflanze besteht aus einzelnen dünnen Stängeln. Entlang des Stängels sitzen kleine zarte Blätter. Um den 24.6., also St. Johanni, öffnen sich die Blüten und zeigen ihre leuchtend-gelbe Farbe. Fünf Blütenblätter rahmen die Staubblätter, die wie kleine Antennen aussehen, ein."

Emily und Frieda schauten sich an.

„Das hast du aber schön beschrieben." Sie lasen weiter.

„Möchte man sich ganz sicher sein, zerreibt man die Blütenblätter mit den Fingern. Sie färben sich dann rot. Die Farbe besteht unter anderem aus Hypericin. Dies ist ein Wirkstoff, der für Beschwerden der Nerven genutzt wird."

„Ich hätte nicht gedacht, dass du so gut schreiben kannst. Das solltest du Anna zeigen. Sie wäre mächtig stolz auf dich." Emily war beeindruckt.

„Das ist eine gute Idee. Komm lass uns zu Klara und Anna gehen. Dann können wir Anna auch gleich fragen, wozu sie das Johanniskraut in ihren Garten gepflanzt hat."

Der Duft von frisch gebrühtem Kaffee zog durch das Haus. Schnell zogen sich die drei an und setzten sich in die Küche zu Anna und Klara. Diese hielten den ersten dampfenden Becher bereits in der Hand. Der Frühstückstisch war wieder reich gedeckt.

„Guten Morgen ihr Langschläfer. Habt ihr Hunger auf ein Ei und Brötchen?" Klaras Wandlung vollzog sich innerhalb weniger Stunden. Nun stand auch sie in einem für sie unüblichen Schlabberlook in der Küche und bereitete das Frühstück zu.

„Paul hat Fragen." Frieda schaute Anna an. „Du glaubst nicht, was er bereits geschrieben hat. Ich wusste gar nicht, dass ich einen so aufmerksamen Bruder besitze." Frieda knuffte Paul in die Seite.

Anna überflog den Text und biss zwischendurch von ihrem Brötchen ab. „Das hast du sehr ausführlich geschrieben. Ich bin wirklich beeindruckt. Das Johanniskraut scheint es dir angetan zu haben."

Frieda und Emily schauten sich an und schwiegen. Sie wollten Anna nicht verraten, warum gerade diese Blume Pauls Aufmerksamkeit erregt hatte.

„Wozu hast du sie denn in dein Beet gepflanzt?", fragte Frieda.

„Weil ich sie unglaublich schön finde. Die Blüten leuchten so herrlich gelb. Nicht umsonst ist sie die Blume der Sonne und des Lichts. Und dann natürlich auch zum Fotografieren. Aus einem Teil der großen Staude stelle ich mir dann ein Rotöl her. Das heißt so, weil die Blüten beim Zerreiben eine rote Farbe abgeben."

Paul verzog sein Gesicht. „Ich weiß."

„Ach dann kann ich mir schon einiges denken." Anna zwinkerte ihm zu.

„Hattest du mir nicht letztes Jahr eines deiner homöopathischen Mittel empfohlen? Ich meine, es war auch

Hypericum", meldete sich Klara zu Wort. „Ach jetzt weiß ich wieder. Jaja die Nerven."

Die Heilerin - Silicea

„Heute fahre ich mit dem Jeep in die Berge", verkündete Anna. „Alle zwei Wochen bringe ich Luisa einige Le-
bensmittel und was man sonst noch so braucht vorbei."
Ergänzend fügte sie hinzu „Im Ort wird sie die Heilerin
genannt. Habt ihr Lust mitzukommen?"

Die drei nickten begeistert. Ausflüge mit Anna waren
immer spannend.

„Na dann steigt mal ein." Annas Jeep war bereits randvoll mit Einkaufstüten.

„Klar kommen wir mit. Eine Heilerin? Das hört sich
sehr geheimnisvoll an. So mystisch." Emily war beeindruckt.

„Ist sie eine richtige Waldhexe?" Das traf genau Friedas
Geschmack.

„Ich darf doch sehr bitten." Anna sah die beiden Mädchen mit einem Augenzwinkern an. „Ich kann nicht ver-
hehlen, dass ich genau die gleichen Gedanken hatte, als ich
das erste Mal zu ihr fuhr. Aber keine Sorge. Luisa ist eine
sehr nette Frau."

„Wie alt ist sie? Ist sie so eine richtig steinalte Heilerin?"
Paul machte auf dem Rücksitz einen Buckel.

„Ich kann ihr Alter nicht schätzen. Auf jeden Fall ist Luisa sehr weise. Ihr Wissensschatz ist enorm. Ich habe viel
von ihr gelernt. Aber macht euch gleich selbst ein Bild von
ihr."

„Wenn sie nicht so alt und gebrechlich ist, warum kann sie dann nicht allein einkaufen?", fragte Emily.

„Kann sie schon, möchte sie aber nicht", grinste Anna die drei an. „Ich bringe ihr die Einkäufe und Luisa teilt dafür ihr Wissen mit mir." Anna dachte nach. „Ehrlich gesagt, kann ich gar nicht sagen, wie alt sie ist. Für mich ist es aber auch nicht wichtig."

Sie fuhren mit dem Jeep durch ein Waldgelände bis sie die Wiese auf der Alm erreichten, auf der sie das erste Mal Arnica gesehen hatten. Mindestens noch einmal so lang schlängelte sich ein kleiner holpriger Weg mit Schlaglöchern, auf dem gerade ein Auto Platz hatte. Es war ein abgelegener Ort und die Gefahr, dass ihnen jemand entgegenkam, war so gut wie ausgeschlossen. Anna bremste. Sie waren angekommen. Der Blick auf die Berghütte war märchenhaft. Anna hatte vor einem kleinen, wind- und wettererprobten Haus gehalten. Die Holzscheite an den Wänden ließen auf einen Kamin und einen Ofen schließen. Das Haus lag direkt am Hang. Dort war das Grundstück durch einen windschiefen alten Holzzaun gesichert.

„Anna, schön dich zu sehen. Hast du Gäste mitgebracht?" die Heilerin stand plötzlich in der Tür und lächelte sie an. „Ich freu mich euch zu sehen. Kommt doch herein." Genauso schnell wie sie in der Tür stand, verschwand sie wieder im Haus.

„War sie das?" flüsterte Emily.

„Ja, das ist meine Heilerin Luisa."

„Ich hatte sie mir, hm, ein bisschen verrückter vorgestellt." Frieda schien offensichtlich enttäuscht. Eine große schlanke Frau mit hochgesteckten grauen Haaren in einem luftigen Sommerkleid hatte sie nicht erwartet.

Die vier luden die Einkaufstaschen aus und folgten Anna in die Hütte. Sie stellte die drei vor und während Luisa die Tüten auspackte, erzählte Anna die Neuigkeiten aus dem Ort. Emily und Frieda sahen sich staunend um. Hier schien jeder Winkel ausgenutzt. Ein Bücherregal verdeckte fast die gesamte Wand und auf dem Boden lagen verblichene und alte Dokumente und Zeitschriften. Traumfänger zierten die Fenster, kleine Weidenkränze mit Federn und Schmucksteinen. Paul begutachtete Tiegel auf einem Regal und versuchte die Aufschriften zu entziffern. Dazwischen lag ein wunderschöner Stein. Hell, fast durchscheinend und beeindruckend.

„Schau ihn dir genau an." Luisa hatte sich zu Paul gebeugt. „Den habe ich vor langer Zeit geschenkt bekommen. Anna und ich haben viel über ihn gesprochen."

„Ist das nicht ein Bergkristall? Den habe ich im Dorf in einem Geschäft gesehen. Der sieht wirklich klasse aus." Paul konnte seinen Blick gar nicht abwenden.

„Ja, genau richtig Paul. Dieser hübsche „Stein" ist ein Bergkristall! Er ist etwas ganz Besonderes. Weißt du, aus was er besteht?" Luisa nahm ihn vorsichtig in die Hand und drehte ihn im Licht. „Er enthält Siliciumdioxid."

Paul schaute sie verwirrt an.

„Das besteht aus Sauerstoff und Silicium. Kommt dann noch Wasser hinzu, erhalten wir Kieselsäure. Der Bergkristall kommt nicht nur in der Erde vor. Seine Kieselsäure benötigen auch Pflanzen und Lebewesen als Mineral." Luisa hielt einen Moment inne. „Man könnte meinen, alle brauchen ihn."

„Was kann dieser Stein?", fragte Emily.

„Er gibt uns Halt und verhilft zu neuem Schwung. Schöne Nägel, das Horn, Haare und Hufe benötigen Kieselsäure, damit sie nicht spröde werden. Ein schwaches Bindegewebe muss gestärkt werden. Das ist besonders bei den Tieren wichtig. Sie haben keine Hilfsmittel, um sich vorwärts zu bewegen." Luisa legte den Kristall zurück an seinen Platz und deutete ihren Gästen, mit ihr zur Sitzecke zu kommen.

„Aus dem Bergkristall wird Kieselsäure gewonnen. Das homöopathische Mittel daraus heißt Silicea", ergänzte Anna.

„Richtig." Luisa strich sich eine graue Strähne aus dem Gesicht. „Anna, erzähl mir von deinem Patienten. Wie hieß er noch?"

„Jury ein Wallach. Was für eine harte Nuss."

„Was hatte er denn?" fragte Emily.

„Ich bin schon so oft von seiner Besitzerin in den Stall gerufen worden. Jury bekommt sehr schnell eine Bindehautentzündung. Auch beim letzten Mal bin ich sofort zu Mia in den Stall gefahren. Und wieder einmal stand der große Braune mit zugekniffenen Augen in seiner Box. Offensichtlich war er bereits genauso genervt, wie seine Besitzerin und ließ sich kaum anfassen. Ganz vorsichtig durfte ich dann sein Auge anschauen und untersuchen. Bisher war Jurys Bindehautentzündung nichts Dramatisches. Die hatte der Tierarzt immer schnell mit einer Salbe in den Griff bekommen."

„Trägt er denn keinen Augenschutz auf der Weide?", wollte Emily wissen.

„Eine gute Idee. Doch hat er ihn sich leider ständig abgestreift. Keine Ahnung, wie er das schaffte. Diese Unmengen von Fliegen an seinen Augen sind wirklich unerträglich."

„Ih, das ist ja ekelhaft", rümpfte Paul die Nase.

„Da gebe ich dir Recht Paul. Die Lider waren voller Schleim und es bildete sich bereits Eiter am Auge."

„Na prima. Mein Lieblingswort: Eiter." Frieda verzog das Gesicht.

„Diesmal wurde es trotz Salbe nicht besser", fuhr Anna fort. „Sein hübsches Gesicht war unterhalb der Augen bereits dauerhaft nass und verklebt. Anschließend fielen ihm zum Überfluss an dieser Stelle die Haare aus. Mia reinigte gewissenhaft die verklebte Haut um die Augen. Doch es half nicht. " Luisa hörte Anna aufmerksam zu. „Durch die immer wiederkehrenden Bindehautentzündungen haben wir uns in die Irre führen lassen. Anfangs sind wir auch gar nicht darauf gekommen, dass er einen verstopften Tränen-Nasen-Kanal hat. Der Tierarzt hat ihn daraufhin untersucht und entsprechend behandelt. Mit Silicea konnten wir Jury zusätzlich gut unterstützen."

„Was hat der Doc gemacht?", wollte Paul wissen.

„Er hat ihm Fluoreszin ins Auge geträufelt. Das ist eine grüne Flüssigkeit. Wenn der Nasenkanal frei ist, kommen die grünen Tropfen unten aus den Nüstern heraus, sozusagen als Zeichen, dass der Weg wieder frei ist."

„Toll, das würde ich auch gern machen."

„Tja Paul, dann musst du wohl doch Tierarzt werden." Luisa lächelte ihn an. „Ich habe es schon häufig gemacht. Damals in meiner Heimat."

„Wie unterstützt Silicea dabei?", wollte Emily wissen.

„Immer dann, wenn sich etwas verhärtet hat oder nicht mehr in Schwung kommt, kommt auch Silicea für den Homöopathen in die engere Wahl. Es bringt den Stoffwechsel wieder in Schwung."

„Sozusagen wenn der Körper nicht mehr genug Power hat?", fragte Emily.

„Richtig, wenn die körpereigenen Kräfte ins Stocken geraten. Ich finde den Satz meines damaligen Dozenten so passend: wenn alles so vor sich hindümpelt, pflegte er zu sagen, dann wird Silicea gern als Biokatalysator genutzt." Anna schaute Frieda und Emily an. „Wisst Ihr, was das ist?" Sie fuhr fort, ohne eine Antwort abzuwarten. Biokatalysatoren beschleunigen eine Reaktion, auch im Körper. Der etwas eingeschlafene Stoffwechsel wird angeregt."

Die beiden nickten.

„Denkt nur einmal an einen trockenen Husten", erklärte Luisa. „So einer, wo sich der Schleim einfach nicht lösen will. Genauso verhält es sich bei vereiterten Nasennebenhöhlen, die einfach nicht frei werden wollen oder eben dieser verklebte Tränen-Nasen-Kanal. So etwas ist sehr unangenehm und hartnäckig."

Luisa schaute in die Runde. „Habt ihr Appetit auf rote Grütze mit Vanille? Also ich könnte jetzt etwas Süßes gebrauchen." Schlagartig hatte Luisa ihre Ausführungen unterbrochen und holte Schüsseln aus dem Schrank. „Nehmt diese bitte schon einmal mit nach draußen. Wir wollen das schöne Wetter genießen. Anna möchte sich sicher noch Notizen für ihre Praxis machen." Sie drückte Paul eine kalte Schale mit Grütze in die Hand und lief mit einem Krug voller Sauce ins Freie. „Hm, die sieht aber lecker aus." Paul nahm sich eine große Kelle.

„Ja das ist sie auch."

Während Luisa ihre Schale auskratzte, fasste sie alles Wichtige des Bergkristalls zusammen und Anna schrieb eifrig mit.

„Silicea wirkt auf das Bindegewebe und die Knochen." Sie sah Anna fragend an. „Das hattest du bereits notiert? Gut." Sie fuhr fort. „Silicea hat aber auch einen Einfluss auf die Haut, das Horn und unsere Nägel. Ein sogenanntes Leitsymptom von   Silicea ist die Schwäche. Man könnte dies auch als Lebensschwäche bezeichnen."

Anna schrieb eifrig mit. „Habe ich."

„Lockere Bänder und Gelenke gehören ebenfalls dazu. Nie endende Entzündungen zeugen von einem Mangel an Lebenskraft und Wärme. Der Stoffwechsel scheint verlangsamt, fast wie eingefroren. Deshalb mögen Patienten auch keine Kälte."

„Es gibt Aufzeichnungen, dass eine Gabe Silicea ein Entfernen von Dornen und Splittern verursachen kann." Luisa schaute geheimnisvoll.

„Dann sollte ich das Rieke für ihre Hündin empfehlen", meinte Frieda. „Sie tritt sich ständig Dornen in den Brombeerbüschen ein."

„Nun ja, beobachtet habe ich es noch nicht. Eine Gabe eines homöopathischen Mittels scheint mir nicht ausreichend dafür. Gut möglich, dass auch mal ein Chip bei

Hund, Katze und Pferd wandern kann." Zu Anna gewandt sagte Luisa „Du solltest es einfach sorgsam anwenden."

„Das werde ich. Wie du sagtest. Nicht zu lange und häufig anwenden, sondern mit Bedacht. Meist nutze ich es bei Erkrankungen des Hufes. Strahlfäule auch bei sauberer Einstreu und langsamen Wachstum des Hufhorn."

Paul überlegte. „Heißt das, wenn ein Pferd brüchige Hufe hat, dann benötigt es Silicea?"

„Nicht ganz. Deshalb lese ich die Arzneimittelbilder genau. Es sollten zwei bis drei Symptome dieser Arznei vorhanden sein."

„Ist dann alles wieder gut, wenn du Silicea verordnet hast?" Paul ließ einfach nicht locker.

„Du bist ungeduldig lieber Paul. Genau wie einige Besitzer. Ein homöopathisches Mittel soll die Selbstheilungskräfte wieder anregen und das benötigt eine gewisse Zeit. Es heißt, Silicea hätte eine langsame Wirkung, aber die Beschwerden sind zumeist auch erst allmählich entstanden."

„So langsam wie ein Stück Berg, ein Bergkristall", warf Paul ein.

„Ja so könnte man sich das merken." Anna war zufrieden. Sie klappte ihr Notizbuch zu und strich mit der Hand darüber. „Luisa ich danke dir sehr. Wir sehen uns in zwei Wochen wieder. Nun müssen wir uns aber auf den Weg machen."

„Vielen Dank für den schönen Nachmittag."

„Ich danke dir Paul. Und ich habe noch etwas für dich." Luisa drückte ihm einen kleinen Bergkristall in die Hand.

„Weil du ihn so bewundert hast, sollst du einen eigenen haben."

Auf dem Rückweg fragte Paul „Woher kommt Luisa? Hat sie hier schon immer gelebt?"

„Sie war auf einmal da. Einfach so. Sie kaufte sich diese Almhütte, unterschrieb beim Notar, legte dem verdutzten Bankangestellten die gesamte Summe bar auf den Tisch und das wars. Keiner weiß bis heute, woher sie kam. Irgendwo aus dem Osten, erzählte sie mir. Mehr auch nicht." Anna sah die drei mahnend an. „Es hat bisher auch keiner gefragt. Es wird seinen Grund haben."

„Das macht mich so neugierig." Frieda liebte Abenteuer.

„Lasst gut sein. Es gibt Geheimnisse, die auch weiterhin welche bleiben sollten."

Den Rest des Weges schwiegen sie. Beim Aussteigen flüsterte Paul Frieda ins Ohr „Sie hat ihre Haare grau gefärbt. Sie kann noch gar nicht so alt sein. Ich habe ihren braunen Haaransatz gesehen!"

Das traurige Pony – Ignatia

Der Abend war sternenklar. Sie hatten die Lichter im Haus gelöscht, um die Sterne noch besser sehen zu können. Es war eine ganz besondere Atmosphäre. Unter einem riesigen Sternenzelt hüllte sie eine absolute Stille ein.

„Das ist der schönste Himmel, den ich bisher gesehen habe. So viel mehr Sterne zeigen sich hier. Ich kann mich nicht erinnern, jemals zu Haus genauso viele entdeckt zu haben." Frieda konnte gar nicht genug bekommen.

Schweigend genossen sie gemeinsam den Anblick. Die Luft war so klar und immer noch herrlich warm. Emily sog die Luft tief ein und schloss die Augen. Einen so schönen Moment wollte sie für immer einfangen.

„Schaut mal, ich denke das ist der Wagen." Frieda zeichnete mit den Fingern den Sternenverlauf nach.

„Ja jetzt kann ich ihn auch erkennen." Paul malte ebenfalls Linien in die Luft.

Anna seufzte. „Dieser Ausblick in den Bergen ist für mich unbeschreiblich. Ich liebe den Sonnenaufgang ebenso wie den Sonnenuntergang. Aber die Sterne in der Nacht sind schon etwas ganz besonders. Könnt ihr verstehen, warum ich an keinem anderen Ort wohnen möchte?", ohne eine Antwort abzuwarten fuhr sie fort „Natürlich ist es nicht jedem vergönnt, an einem Berghang in einem Holzhaus zu wohnen. In jedem Fall würde ich hier Urlaub machen wollen. Den Genuss dieser Landschaft, sollte man nicht verpassen."

„Da hast du Recht," sagte Frieda wehmütig. „Nur noch zwei Tage, dann müssen wir abreisen. Gern würde ich länger bleiben."

Emily und Paul nickten. Auch sie würden gern die gesamten Ferien bei Anna verbringen.

Nach einer Weile fragte Anna „Habe ich euch schon die Geschichte von der traurigen Stute und der Bohne erzählt?"

„Nein, von einer Bohne hast du uns noch nichts erzählt. Sicher ist es keine, die wir aus dem Garten kennen?", fragte Emily.

„Nein, die Bohne, die ich meine, wächst in Asien und die Stute, von der ich euch erzählen möchte, heißt Funny. Sie ist eines dieser sehr hübschen und zarten Pferde. Wo sie geboren wurde, ist nicht bekannt. Fest steht, dass sie durch viele Hände gereicht wurde. Obwohl sie einen freundlichen Charakter besitzt, wurde die Stute nach kurzer Zeit verkauft. Das kann sehr anstrengend für ein so zartes Pferd sein. Ein neuer Stall, neue Besitzer, neue Herde und neues Futter bedeuten sehr häufig Stress."

„Warum verkauft man seine Tiere?", wollte Paul wissen.

„Das können ganz unterschiedliche Gründe sein. Der Unterhalt wird oft unterschätzt und kann mit der Zeit zu teuer sein. Auch sind kleinere Pferde bei Kindern besonders beliebt. Nachteil ist, dass die Pferde nicht mehr wachsen und dann für die wachsenden Jugendlichen zu klein sind. Vielleicht ist mit dem Können auch der Wunsch zu einem größeren oder besser ausgebildeten Pferd entstanden. Berufliche Veränderungen oder der Umzug in eine neue Stadt können auch ein Grund sein."

Die drei nickten betroffen.

„Bei einem der Vorbesitzer hatte Funny ein Fohlen bekommen. Das erzählte uns eine Käuferin der Stute. Bevor sie Fanny zu sich holte, stand sie in einem Stall, zusammen mit fünf weiteren Stuten, die ebenfalls tragend waren. Nach und nach kamen die Fohlen zur Welt. Als Fannys kleines Hengstfohlen dann abgesetzt wurde, verfiel die Stute regelrecht in Kummer. Sie sonderte sich immer mehr ab und litt unter der Trennung."

„Es ist doch normal, dass die Fohlen nach einer gewissen Zeit von der Mutter getrennt werden", sagte Frieda.

„Das stimmt. Vielleicht hat Fanny schon zu viele Trennungen miterlebt und das Fohlen war dann noch das sogenannte Tüpfelchen auf dem i. Anschließend gab es mit der Rosse Probleme. Das ist sozusagen der Zeitpunkt, wann Pferde trächtig werden können. Entweder kam die Rosse zu früh, zu spät oder man konnte gar nicht mehr erkennen, ob es eine gab. Sie muss den Tierarzt wahnsinnig gemacht haben. Durch diese Unregelmäßigkeiten kam er nie zum rechten Zeitpunkt. Alle Bemühungen blieben erfolglos. Zur Zucht war sie nun nicht mehr zu nutzen. Also wurde sie an eine Familie verkauft. Das kleine Mädchen kümmerte sich erst rührend um Funny. Irgendwann wurden die Pflege und Betreuung des Pferdes zu viel und die kleine Stute stand die meiste Zeit in ihrer Box. Insgesamt machte Fanny einen immer traurigeren Eindruck, so dass die Eltern des Mädchens sich zu einem Verkauf entschieden. Dann kam Mel."

„Wer ist Mel?", fragte Emily.

„Sie ist eine Freundin von mir. Mit einem großen Herzen und ansteckendem Tatendrang. Wir haben zusammen die Ausbildung gemacht. Als sie zur Behandlung in diesen Stall kam, fiel ihr sofort Fanny auf. Sie beschloss, ihr ein Leben auf der Weide zu ermöglichen. Also kaufte sie der Familie die Stute ab und nahm sie mit auf den eigenen Hof. Nun konnte Fanny tagsüber mit den anderen Pferden auf die Koppel, was sie auch sichtlich genoss. Abends ging es in den großzügigen Stall mit frischem Stroh. Am Anfang war die kleine Stute noch ruhelos. Ihr bisheriges Leben war zu unstet und aufregend gewesen. Wenn sie trinken wollte, dann nur ganz kurz und sehr wenig. Auch erschrak Fanny vor jeder Kleinigkeit. Schließlich fand sie einen echten Freund in der Herde: Mani. Ein großer schicker Wallach. Auf der Weide waren sie unzertrennlich Mel stellte Funny in die Box neben ihrem neuen Freund. Als die Turniersaison startete und Mani auf den Hänger verladen wurde, deutete die Stute dies offensichtlich als Abschied. Fanny gesellte sich das gesamte Wochenende nicht zur Herde. Auf der Weide stand sie abseits. Auch fing Fanny an, in der Box zu nagen und Luft zu schlucken, also zu Koppen." Anna schaute die drei an.

„Aber dann kam Mel mit Mani zwei Tage später vom Turnier zurück und die Stute war wie ausgewechselt. War doch der neu gewonnene Freund wieder da. Und was hat das mit einer Bohne zu tun? Ignatia heißt sie und wird als homöopathisches Mittel genutzt, wenn der Patient in tiefen Kummer verfällt. Die Stute hat uns gezeigt, wann dies der Fall sein kann. Beim Stallwechsel, Absetzen des Fohlens oder beim Verlust des Freundes."

„Wie schön, dass es der Stute nun gut geht." Frieda war zufrieden.

„Das arme kleine Ding. Und wie hat Mel das Problem gelöst?" wollte Emily wissen.

„Das Pony bekam eine Gabe Ignatia und fährt jetzt immer mit zum Turnier."

„Die Bohne, die in Asien wächst?", hakte Paul ein.

„Richtig. Genauer gesagt ist die Ignatius-Bohne eine Kletterpflanze. Auch sie enthält Strychnin, genau wie die Brechnuss oder besser Nux vomica. Ignatia ist eines der wichtigsten Kummermittel.

„Wie bei Heimweh? "

„Auch. Trennungen allgemein, die seelisch und körperlich nicht gut vertragen werden. Mal ist es der Verlust des Pferdefreundes bei einem Stallwechsel oder auch ein Besitzer, der vermisst wird. Ein Stallwechsel mit dem gleichen Besitzer kann auch dazu führen, dass die Pferde sich nicht wohl fühlen. Das können gerade sensible Pferde wie Fanny gar nicht ab. Oder wie in ihrem Fall das Absetzen des Fohlens wird betrauert. Sowohl für die Stute, als auch für das Kleine nicht immer eine schöne Situation," schloss Anna.

„An was denkst du bei körperlichen Beschwerden einer Trennung?" wollte Emily wissen.

„Es kommt bei andauerndem Kummer nicht selten vor, dass sich dies auch körperlich bemerkbar macht. Ihr kennt doch sicher den Spruch: das ist mir auf den Magen geschlagen. So kann es auch den Tieren ergehen. Appetitlosigkeit, Magen-Darm-Beschwerden. Und bei Pferden kann sich dies bis zur Kolik steigern. Das ist natürlich ein Fall für den Tierarzt. Aber es ist auch immer gut zu wissen, was die Kolik ausgelöst hat."

Die Küchenschelle –
Pulsatilla & Konstitutionsmittel

Frieda stand im Flur des neuen Ferienhauses und betrachtete eines der Bilder, die Anna gegenüber der Zimmertüren platziert hatte. Es zeigte eine Blume mit einem lilafarbenen Blütenkelch. Der Künstler hatte die Morgenstunden für sein Motiv gewählt. An dem kurzen kräftigen Stängel saßen kleine Widerhaken, an denen sich der Tau hielt. Erst gestern hatte Anna das Bild erhalten und sofort in der Galerie, wie sie den langen Flur mit den Gästezimmern nannte, aufgehängt.

„Ist sie nicht wunderschön?", Anna gesellte sich zu Frieda.

„Sie gefällt mir auch sehr gut. Diese leuchtend gelben Staubblüten sehen hübsch aus. Und die Stängel sehen von der Ferne fast silberfarben aus."

„Das kommt von den vielen kleinen Härchen, die an dem Stängel und den gefiederten Blättern sitzen. Mit ihnen fängt diese kleine Blume den Morgentau. Hübsch sieht es aus, wenn sie die winzigen Tropfen der Nacht einfängt. Hat sie ausgeblüht, zieht sie sich ganz dezent zurück und verschwindet förmlich in der Erde. Bis zum nächsten Frühling."

„Wie heißt sie?"

„Das ist eine Kuhschelle oder auch Küchenschelle. Kein besonders schöner Name für eine so reizende Blume."

„Da gebe ich dir recht, nicht besonders charmant. Dabei sieht sie so zart aus. Wann blüht sie? Ich habe sie gar nicht in deinem Garten gesehen. Besonders groß scheint sie auch nicht zu sein."

„Sie ist eine der Frühblüher des Jahres. Meist kommen die jungen Triebe im März zum Vorschein. Sie benötigt keine warmen Temperaturen. Ich freue mich jedes Jahr auf sie. Besonders morgens gibt sie ein schönes Bild ab."

„Gehört sie auch zu deinen homöopatischen Mitteln?"

Anna grinste. „Sicher. Sie ist mein liebstes Konstitutionsmittel."

Frieda schaute sie fragend an.

„Du kennst Konstitution? Sie beinhaltet das Wesen, den Körperbau, also das äußere Erscheinungsbild und die Eigenarten. Sowohl beim Menschen, als auch beim Tier. Komm, wir setzen uns zu Emily und Paul. Dann erzähle ich euch mehr darüber." Anna hakte Frieda ein und zog sie mit in den sonnigen Garten.

Draußen war es bereits schön warm. Die Sonne meinte es wieder gut mit ihnen. Im Halbschatten ließ es sich in den Liegestühlen gut aushalten. Frieda berichtete von dem neuen Bild der Küchenschelle und Anna begann zu erzählen.

„Die Küchenschelle oder mit lateinischem Namen Pulsatilla wird gern als Konstitutionsmittel genutzt."

„Der Name gefällt mir viel besser. Er hört sich lieblicher an."

„Das finde ich auch. Ein Konstitutionsmittel beschreibt ein Lebewesen als Ganzes. Also den Körper, ob dieser groß oder klein ist, eher dick oder dünn, drahtig oder stark gebaut daherkommt. Als drahtig würde ich die arabischen

Pferde bezeichnen, wohingegen die Kaltblüter eher stark gebaut sind."

Die drei nickten.

„Auch das Verhalten oder Gemüt wird berücksichtigt. Ob ein Tier nervös ist oder übel gelaunt, freundlich oder unwirsch. Das Konstitutionsmittel Pulsatilla zeigt uns ein sehr freundliches Wesen. Meist handelt es sich um weibliche Lebewesen. Ein Pferd im Typ Pulsatilla erkennt man sofort. Meist handelt es sich um Stuten, es können jedoch auch Wallache sein." Anna nahm einen Schluck Kaffee und fuhr fort. „Es sind meist sehr hübsche Tier mit wohlgeformten Proportionen. Das Fell ist glänzend und seidig. Sie sehen wohlgenährt und äußerst gepflegt aus. Leckerbissen sind gern willkommen. Das ist auch bei anderen Typen der Fall, aber bei der Pulsatilla besonders. Sie sind etwas schüchtern, nehmen aber freundlich Leckerlis entgegen und fordern diese auch schon mal eindringlicher ein. Durch den gemäßigten Stoffwechsel setzt dies leider auch gut an. Das tut aber nichts zur Sache. Sie sind so schön und man gibt sie nicht gern wieder her. Man wird mit einem zufriedenen freundlichen Gesichtsausdruck begrüßt. Sie lieben es, gestreichelt zu werden. Pulsatilla ist sehr mütterlich. Das erkennt man daran, dass sie sehr fürsorglich sind. Sie verausgaben sich förmlich für ihre Fohlen. Außerdem ist dieser Pferdetyp besonders sauber. Geäppelt wird immer in die gleiche Ecke. Sie würden sich auch nur in sauberem Stroh wälzen und riechen auch immer besonders zart nach Pferd."

„So eines hätte ich auch gern. Dann hätte man nicht so viel Arbeit, um die Box zu reinigen," sagte Frieda. „So ein Pferd würde mir gefallen."

„Dezent ist das Stichwort. Pulsatilla mag nichts, was nicht dezent ist. Das wäre zum Beispiel sehr kaltes und nasses Wetter oder starken Pollenflug. Auch sehr staubige Stallluft mögen solche Pferde nicht. Meist haben die Erkrankungen einen milden Verlauf. Gibt es einen Infekt, ist der Nasenausfluss mild und rahmig mit gelber Farbe. Das Gleiche sehen wir auch bei einer Bindehautentzündung.

Gibt es doch mal kleine Blessuren, sind diese ebenfalls ganz dezent. Eine Wunde eitert nur wenig. Beim Husten wird nur gehüstelt. Alles verläuft milde."

„Dann gibt es so gar nichts, was man an diesem Typ aussetzen könnte?" Paul schaute skeptisch.

„Ganz ohne Makel kommt auch die Pulsatilla nicht aus. Dieser Konstitutionstyp kommt, sagen wir mal, gern zu spät. Das kommt schon mal bei der Rosse vor. Zu früh, zu spät aber irgendwie nie, wie man es vorausberechnet hat. Auch hat sie häufig mehrere Baustellen. Der Körper reagiert ganz eigen. Das Zusatzfutter gegen brüchige Hufe wird erst einmal für eine üppige Mähne verstoffwechselt", schloss Anna.

„Auch bei diesen kleinen Makeln oder Eigenarten, wer so ein zauberhaftes Pferd besitzt, kann sich wirklich glücklich schätzen", schwärmte Frieda.

Kuh Berti & Belladonna

Die Ferien waren viel zu schnell vorbei. Aber so war es immer. Erst fühlten sich die Tage lang an, dann schienen sie an einem vorbei zu fliegen. Und so verging auch die Zeit bei Anna in den Bergen wie im Fluge. Die Schule hatte wieder begonnen. Emily und Frieda fuhren nebeneinander her. Die Sonne schien nicht mehr ganz so intensiv, wie zu Beginn der Ferien. Dennoch genossen sie die Wärme. Frieda fuhr wie gewohnt freihändig auf ihrem Rad und verschränkte die Arme hinter dem Kopf. Emily grinste.

„Du siehst so zufrieden aus. War der erste Tag in der Schule für dich ok?"

„Ach wir haben nicht viel gemacht. Eine Stunde Deutsch und dann noch Mathe und Bio." Frieda machte eine wischende Handbewegung und verschränkte dann wieder genüsslich die Arme hinter dem Kopf.

„Bei mir war es auch ok. Stell dir vor, wir sollen in Englisch einen Aufsatz über einen Tag der Ferien beschreiben. Ich weiß nur nicht, welchen ich nehme. Es waren so viele schöne Tage."

„Ja das stimmt. Das waren ganz außergewöhnliche Ferien. So viel Spaß hatten wir schon lange nicht mehr. Also ich würde den Tag auf dem Pferdehof nehmen. Da hast du am meisten zu schreiben. Aber wenn ich so drüber nachdenke, waren alle Tage toll." Frieda kratzte sich an der Nase und steuerte ihr Rad wieder mit den Händen.

Schweigend fuhren sie weiter auf ihren Rädern nebeneinander her.

„Wir dürfen die Eier von Bauer Meier nicht vergessen. Sonst müssen wir den ganzen Weg zurückfahren."

Sie sausten an der Weide mit den Kühen vorbei und bogen in die Einfahrt des Bauernhofes. Der Kies spritzte, als Frieda und Emily scharf mit den Fahrrädern bremsten. „Moin, na was wollt ihr denn heute?", fragte Bauer Meier. Er kam immer gleich zum Punkt. Smalltalk war nicht seine Stärke.

„Einmal 10 Eier bitte. Kleingeld haben wir dabei."

„Ich muss erstmal zu Berti. Wenn ihr es eilig habt, klingelt doch mal. Magda ist im Haus."

„Nein schon gut, wir kommen mit zu Berti. Was ist denn los?" Die Mädchen beeilten sich, mit Bauer Meier Schritt zu halten.

„Sie hat schon wieder eine Euterentzündung. Wenn das so weitergeht, kann ich von ihr gar keine Milch mehr verkaufen", maulte Bauer Meier. Nun war er sichtlich ungehalten.

Bei Berti angekommen, erkannten die Mädchen sofort, dass es der Kuh gar nicht gut ging.

„Ich finde, sie guckt auch ganz unglücklich", flüsterte Emily Frieda ins Ohr.

„War der Tierarzt schon da?", fragte Emily vorsichtig an. „Nee, der kommt heute wohl nicht mehr."

Die Mädchen guckten sich verdutzt an.

„Na anscheinend kommen heute alle Kälber zur Welt. So ein Schiet aber auch."

„Warum rufen sie nicht die Tierheilpraktikerin an. Sie hat sich neu in der Gegend niedergelassen." Als Frieda in Bauer Meiers mürrisches Gesicht schaute, beeilte sie sich zu sagen „Vielleicht hat sie noch eine Idee. Besser, als gar nichts zu tun."

„Wat ist dat denn?" Meier guckte unwirsch. "Ich warte auf den Doktor." Als Meier in die traurigen Gesichter der Mädchen schaute und Berti dann auch noch ihr unglücklichstes Kuhgesicht machte, meinte er: „Na denn. Wie is denn die Nummer?"

Wenig später kam eine junge Frau auf den Hof gefahren. Die Mädchen winkten vom Kuhstall.

„Guten Tag junge Damen. Hat euer Papa mich angerufen?"

„Nein. Gott behüte." Frieda verdrehte die Augen. „Bauer Meier hat eine kranke Kuh und der Tierarzt kann nicht so schnell kommen. Können Sie solang helfen?"

Karola lächelte. „Karola Schmied. Ihr könnt mich Karola nennen. Ich war hier noch nie. Wie kommt er denn auf mich?"

„Das war eigentlich unsere Idee. Wir haben in den Ferien Urlaub bei einer Heilpraktikerin in den Bergen gemacht." Emily betonte dies mit einer Selbstzufriedenheit.

„Na fein, dann wollen wir mal gucken, was wir machen können." Mit energischen Schritten lief Karola vorweg in den Kuhstall. Dort stand noch immer Berti in ihrem Unglück.

„Tach. Das ist sie. Wie war noch ihr Name?" Bauer Meier reichte ihr die Hand und zeigte auf seine kranke Kuh.

„Schmied. Karola Schmied. Sie erzählen mir was passiert ist und ich schaue mir mal die Kuh genauer an."

Während Karola die Temperatur maß, gab Bauer Maier die gewünschte Auskunft.

„Ja also das ist ja wie immer", Bauer Meier suchte nach den richtigen Worten und wischte sich verlegen die Hände an seiner Arbeitshose ab. „Dann will man melken. Die Kühe kommen von der Weide in den Stall und dann ist Berti schon sehr gereizt. Sind sie bitte vorsichtig? Berti tritt schon mal ganz gern, wenn ihr etwas nicht gefällt."

„Ich kann mit Kühen umgehen. Meine Eltern hatten auch einen Hof. Aber danke, dass sie so besorgt sind", erwiderte Karola und blinzelte den Mädchen zu.

Bauer Meier fuhr fort „die Zitzen konnte ich gar nicht anfassen. Ich sah schon, dass sie rot und prall waren. Trinken wollte sie auch nicht, dann fing sie noch an zu schwitzen und atmete immer schneller. Die macht mich noch ganz irre."

Nachdem Karola auch den Puls gemessen hatte und Augen und die Nase angeschaut hatte, kam sie zu einem Entschluss. „Also das ist ja ganz eindeutig: alle Zeichen stehen auf Rot." Schnell ergänzte sie „ihre Kuh hat eine heftige Entzündung am Euter. Ich arbeite auch mit Homöopathie und alles deutet auf Belladonna hin. Ich würde ihr gern entsprechend Globuli geben. Den Tierarzt hatten sie gerufen, ja?"

„Machen sie mal. Schad ja nix. Kann ja eh nicht melken." Der Bauer zuckte hilflos mit den Schultern.

„So dann können sie Berti auch erstmal wieder zu ihren anderen Kühen auf die Weide lassen. Wärme ist zwar jetzt nicht so gut, aber hier drinnen ist es auch nicht viel kühler.

Ich lass ihnen nochmal drei Globuli hier. Die können Sie Berti in zwei Stunden nochmal geben."

„Wie soll ich dat denn machen? Hinter der Kuh herrennen oder wat?"

Frieda verdrehte die Augen. Also Kommunikation war wirklich nicht Bauer Meiers Stärke.

Karola grinste: „Nein natürlich nicht. Ich lasse ihnen mal eine Sprühflasche hier. Dort lösen wir die Kügelchen in Wasser auf und dann spritzen sie ihr das einfach gegen das Maul. Sie schleckt sich ihre Medizin dann schon mit der Zunge ab."

„Na dann gib mal her, dann mach ich das." Etwas knurrig nahm Bauer Meier die Sprühflasche entgegen.

„Möchten sie noch nen Kaffee Fräulein?"

„Sie können mich Karola nennen und sehr gerne."

Frieda und Emelie schauten den Bauern an.

„Ihr könnt Limo haben. Sacht mal Magda Bescheid."

Zufrieden gingen die Mädchen voran zum Haus. Magda, seine Frau, saß bereits draußen am großen Holztisch unter dem Apfelbaum.

„Das gehört sich ja wohl auch so", meinte sie. Neben dem Kaffee und der Limo stand auch noch selbstgemachter Kuchen auf dem Tisch. „Was war denn los?"

„Ihre Kuh, die Berti hat eine Euterentzündung. Nun bekommt sie Globuli, bis der Tierarzt kommt", sagte Emily.

„Der Arme hat wirklich zurzeit viel zu tun. Was für Globuli haben sie ihr denn gegeben?", fragte Magda zu Karola gewandt.

„Belladonna."

„Ach nee. Die kenne ich. Das ist doch die Tollkirsche."
Den Mädchen erklärte Magda, „ich lese gerade einen historischen Roman und da kommt die Tollkirsche auch drin vor. Damals haben sich die Damen am Hofe Saft dieser Beere in die Augen geträufelt, damit sie schön große Pupillen bekamen und so reizvoller aussahen. Total verrückt. Wie gefährlich. Die Tollkirsche ist nämlich sehr, sehr giftig."

„Wie giftig?" wollte Frieda wissen.

„So giftig, dass nur wenige Beeren reichen, um einen Menschen zu vergiften, so zwei bis drei. Dabei sehen sie so harmlos aus."

„Wie erkennen wir sie und wächst sie auch hier? Wollte Frieda wissen.

„Die Tollkirsche kommt auch in Deutschland vor. Sie ist ein Staudengewächs und hat unscheinbare spitz zulaufende Laubblätter. Aber an den Blüten kann man sie gut erkennen. Aus den lilafarbenen glockenartigen Blüten entwickeln sich dann später Beeren, die glänzend und fast schwarz aussehen. Zwischen Juni und August sollte man daher besonders aufpassen."

Karola schaute in die Runde. „Meist haben selbst giftige Pflanzen in sehr kleinen Dosierungen auch Vorteile. Habt Ihr schon einmal etwas von Atropin gehört? Dieses Mittel benutzten Ärzte, um die Pupillen weitzustellen. Damit können die Augen besser untersucht werden. Atropin ist in der Belladonna, also der Tollkirsche vorhanden." Karola steckte sich ein Stück Blaubeerkuchen in den Mund. Frieda verzog das Gesicht.

„In der Homöopathie wird diese Beere sehr verdünnt genutzt, um Entzündungen zu mildern. Auch bei Tieren kommen häufig Entzündungen vor, zum Beispiel am Nabel eines Kälbchens oder am Euter einer Kuh." Karola schaute die Geschwister an. „Na wenn ihr bei einer Homöopathin Urlaub gemacht habt, kennt ihr bestimmt die Entzündungszeichen?"

Frieda und Emily zuckten mit den Schultern.

„Da Heilpraktiker sehr auf das angewiesen sind, was sie sehen, hören und durch Erzählungen erfahren, sind die fünf Anzeichen für eine Entzündung so wichtig für sie. Oder natürlich auch mich. Das sind Calor die Wärme, Rubor die Rötung und Dolor der Schmerz, um drei von ihnen zu nennen. Eine Entzündung kann überall im Körper vorkommen. Fällt euch noch eine Erkrankung ein?"

„Entzündung an den Augen?" Frieda schaute Karola fragend an.

„Ja genau, eine Bindehautentzündung, wenn die Augen ganz dick geschwollen sind, dass man die Pupillen kaum noch sehen kann oder auch entzündete Atemwege mit knallroten Schleimhäuten und Schluckbeschwerden."

„Nimmst du bei jeder Entzündung Belladonna? Das kann ich mir gut merken", meinte Frieda.

„Wir waren auch bei einem Imker und haben dort etwas über Apis, der Honigbiene gelernt. Berti hat auch Schmerzen und das Euter ist geschwollen und rot." Emily überlegte laut. „Wieso nimmst du nicht Apis?"

„Für das Mittel hätte ich mich auch entscheiden können", erwiderte Karola, „aber Belladonna passte besser. Für mich kommt sie in erster Linie dann infrage, wenn ich eine Entzündung sehe, die ganz plötzlich und heftig eingetreten ist und sehr stark ist. Auch bei Entzündungen die immer wieder in regelmäßigen Abständen kommen, würde ich mich für sie entscheiden. Berti blieb ruhig, das ist eigentlich nicht typisch. Das liegt sicher daran, dass sie bereits vor Schmerz ganz erschöpft ist. Kühe sind eher sanft und nicht so sehr aufbrausend wie Hunde oder auch Pferde." Zu Magda gewandt sagte sie: "ich muss jetzt leider los. Vielen Dank, dass sie mich angerufen haben und ihr Kuchen war sehr lecker." Zu den Mädchen sagte Karola „Es war nett, euch kennengelernt zu haben. Und falls Ihr noch Fragen habt, gebe ich euch meine Visitenkarte." Emily nahm die Karte und las „Tierärztin und Tierheilpraktikerin Karola Schmied". Erstaunt sah sie Karola an.

„Ja so sieht es aus. Ich bin auch Tierärztin und die Tochter vom Tierarzt, der die Kühe von Bauer Meier betreut." Verschmitzt fügte sie hinzu: „ich werden in einer Stunde nochmal mit Papa hier vorbeikommen und er schaut sich Berti an. Ich habe mich gerade erst im Nachbarort niedergelassen. Ihr wart so auf Heilpraktiker fixiert, dass ihr das Wort „Tierarzt" glatt übersehen habt." Karola winkte den Beiden zu, als sie den Hof verlies.

„Wie peinlich. Das haben wir gar nicht beachtet. Na Berti ist es jedenfalls egal. Sie ist nun bestens versorgt, bei so viel Tierärzten in der Gegend."

Später radelten Frieda und Emily nach Haus. Das war ein schöner Tag. Sie hatten Bauer Meier helfen können. Ein wunderbares Gefühl. Außerdem hatten sie Karola kennengelernt. Jetzt kannten sie auch ein echtes Nordlicht, das die Natur so sehr liebte, wie Anna in den Bergen.

Ein Wiedersehen – per Skype

„Paul! Frieda! Anna hat mir gerade eine Mail geschickt. Sie möchte mit euch heut um 20 Uhr skypen. Habt ihr Lust und Zeit? Und wo ist Emily eigentlich?" Frau Helbings Stimme tönte durch das ganze Haus. Ihr Mann sah von seiner Zeitung auf.

„Da müssen wir uns wohl nächstes Mal richtig anstrengen, um diese Ferien zu toppen. Freut mich, dass die Kinder so viel Spaß hatten."

„Hier bin ich." Emily kam aus ihrem Zimmer gestürmt.

„Geht klar. Um acht. Kannst du Anna antworten und schreiben, dass wir Zeit haben?" rief Paul durchs Haus.

„Ich freu mich. Bin gleich fertig. Gehen wir zu Emily?" tönte es aus Friedas Zimmer.

Die Ferien waren nun bereits seit acht Wochen vorbei. Nachdem sie aus den Bergen zurückgekehrt waren, hatten sie anschließend noch zwei Wochen mit den Eltern an der See verbracht. Nun freuten sie sich auf ein Wiedersehen mit Anna. Auch wenn es sich nur um ein Treffen am Computer handelte.

„Hallo ihr drei. Liebe Grüße aus den Bergen." Anna grinste in die Kamera. „Könnt ihr mich gut sehen?"

„Hey. Das hätten wir schon längst machen können. Auf die Idee sind wir gar nicht gekommen." Frieda winkte in die Kamera.

Paul und Emily taten es ihr gleich. „Ja eine super Idee. Wie geht es dir?"

„Na prima, jetzt wo ich euch wiedersehe. Es ist hier doch einsam ohne euch. Ich soll euch ganz herzlich von Toni, Luisa, Britta & Robert grüßen. Und ihr habt euch alle schick gemacht. Doch nicht etwa für mich?" Anna schmunzelte.

Frieda hatte ihr Sommerkleid noch einmal aus dem Schrank geholt. Emily trug ein neues Twinset und Paul hatte sein Lieblingsshirt aus dem Urlaub gewählt.

„Na klar, nur für dich."

„Wie ist es euch in der Schule ergangen? Paul, hast du einen Aufsatz schreiben müssen?"

„Ganz große Klasse. Frau Walter hat uns tatsächlich wieder einen Aufsatz über die Sommerferien schreiben lassen. Ich habe die beste Note bekommen und alle waren ganz neidisch."

„Neulich hast du noch über Thomas gewettert." Warf Frieda ein.

„So ein Blödmann. Ich kann ihn eh nicht leiden. So hochnäsig," rümpfte Emily die Nase.

„Was war los?" Nun wurde Anna neugierig.

„Ach nichts. Vielleicht war er auch nur neidisch auf mich. Ich sollte meine Arbeit der Klasse vorlesen, weil sie so gut war. Und in der Pause fragte er mich, warum ich mir das alles aufgeschrieben habe und was ich eigentlich damit will."

„Was hast du dazu gesagt?"

„Ha. Da hat Paul ihn mal richtig im Regen stehen lassen. Schnösel." Emily war noch immer empört.

„Ich habe gesagt, dass ich in der Schule auch Dinge lerne, die ich später wohl nicht benötige. Ich hatte jedenfalls nicht vor, zur See zu fahren und muss trotzdem dieses Thema lernen."

„Sehr schön hast du das gesagt. Ich bin stolz auf dich." Anna schien beeindruckt und auch ein klein wenig gerührt. „Lass dir nicht vorschreiben, wozu du Lust haben sollst und dieser Thomas muss es ja auch nicht mögen."

Die drei nickten.

„Warum ich euch eigentlich sprechen wollte. Habt ihr Lust nächste Sommerferien wieder drei Wochen mit mir zu verbringen?"

„Ja natürlich. Oh ist das schön." Die drei waren begeistert. „Wir fragen sofort unsere Eltern. Sie haben bestimmt nichts dagegen."

„Haben sie auch nicht. Das habe ich bereits mit ihnen besprochen. Sie könnten dann auch mal einen Tag vorbeikommen. Allerdings nicht in den Bergen bei mir. Ich habe eine Einladung von meiner Freundin bekommen. Sie wohnt an der See. Genauer gesagt, an der Ostsee. Also ganz in eurer Nähe."

„Wir können doch nicht einfach mitfahren." Frieda war irritiert.

„Doch. Habe ich schon klargemacht. Sie hat einen großen Hof mit viel, viel Platz."

„Woher kennst du deine Freundin?"

Anna lächelte verschmitzt. Das werdet ihr herausfinden. Ich gebe euch drei Worte und dann schaut ihr im Internet. Ich freu mich riesig und das wird ein Spaß. So ihr Lieben. Luisa kommt noch und ich muss mich sputen. Liebste Grüße." Anna warf noch ein paar Handküsschen gen Bildschirm und schon war die Verbindung unterbrochen.

„Na die hatte es aber eilig."

„Ich bin so neugierig. Gib doch mal die Worte ein, die sie dir gegeben hat."

Die drei saßen gespannt vor dem Bildschirm, als sich die gewünschte Seite öffnete. In einer wunderschön geschwungenen Schrift lasen sie: Herzlich willkommen in meiner Tierheilpraxis. Mein Name ist Mel und ich freue mich, Ihre Hunde und Pferde betreuen zu können. Mein Spezialgebiet ist die Akupunktur."